2015

한국 예술 거장과의 만남
한국 문학 신예와의 만남

거장과 신예

박문수책

거장과신예

차례

한국 예술 거장과의 만남

한국 문학 신예와의 만남

한국 예술 거장과의 만남
황석영 이창동

황석영

글쓰기는 몸으로 하는 것!

저는 우리나라의 예술 교육을 그다지 신뢰하지 않습니다. 옛날엔 강의실에 사람이 별로 없었어요. 당구장에 놀러만 다녔거든요. 어떻게 쓰는지 아무도 가르쳐주지 않았지만 다들 알아서 잘 썼어요. 여러분의 창작도 간섭하는 사람이 없어야 합니다. 예술 교육이 전제로 해야 하는 건 스스로 하게 내버려두는 겁니다.

문학상 심사를 몇 번 다니면서 문학상 제도에 문제가 많다고 얘기해왔습니다. 투고된 글을 보면 대개 잘 썼고 소설이 되더라고요. 이유를 생각해보니 전국에 문창과가 많이 생겼던 겁니다. 문창과에서 소설작법 등을 가르치니 다들 어느 수준까지는 쓰는 거죠. 소설은 기술적으로는 비록 서툴더라도 인생을 보는 관점이나 서사에서 자신만의 독특한 개성이 있어야 해요. 심사장에서 만난 글들은 비슷비슷하고 지루하기만 했습니다. 그래서 글을 쓰기 위해 문창과에 들어간 것 자체가, 글을 배우겠다는 마음이 순수하고 아름답지만 한편 철딱서니가 없다고 생각한 거죠. 그런데 얼마 후 황석영이 '문창과가 한국문학을 망쳤다'는 이야기를 했다고 기사가 났더라고요. 답답했지요.

강연을 다니면 글을 어떻게 쓰는지, 왜 쓰는지 질문을 많이 해요. 설명하기가 곤란할 때마다 '왼쪽에서 오른쪽으로 쓰는 겁니다'라고 대답합니다. 그래도 물어보면 '엉덩이 힘으로 써야 한다'고 합니다. 사람들이 보통 글 쓰는 걸 신기해하는데, 흔히 베레모 쓰고 앉아 있다가 갑자기 원고지에 와르르 쏟아내는 줄 알기 때문이죠. 그러나 글쓰기는 노동이고 몸으로 하는 거예요. 저도 글을 쓰다가 막힐 때가 있고, 그러면 앞이 깜깜해집니다. 산책을 하면서 '아, 나는 글쓰기에 재주가 없나 보구나!' 별생각을 다 하죠. 그럴 땐 소주 한 병 마시고 쓰러져 잡니다. 일어나 보면 다시 쓸 수 있겠다는 마음이 생겨요. 안 되면 딴짓도 하고 말이죠. 이 시대의 다른 사람들과 다를 바가 없어요.

제가 작품 활동을 시작한 60년대는 전쟁을 겪은 후의 시대였어요. 문학이 사람 사이의 사회적 관계를 말해서도 안 됐고, 사회와 부딪치는 현실을 말하는 것도 금기시됐어요. 오직 자연만 노래하던 때였죠. 그래서 어떻게 하면 문학 속의 현실을 회복할 수 있을지 고민했어요. 한국 문학이 앞으로 나아가려면 현대성을 회복해야 하기 때문이죠. 그런데 80년대 베를린 장벽이 무너지고 세계가 변했습니다. 그리고 신자유주의, 포스트모더니즘의 바람이 불었죠. 교도소에서 나오니 IMF가 터졌습니다. 책도 안 팔리고 문학을 제대로 할 수 있는 시대가 아니었죠. 15년 동안 글을 안 썼어요. 하지만 내가 줄기차게 문학적인 삶을 살고 있다고 생각했기 때문에 걱정은 하지 않았습니다. 그때가 쉰일곱이었는데 통장에 700만 원이 있었어요. 거기서 시작했습니다. 독자들이 날 먹여 살릴 거라고 생각하면서 말이죠.

이 세상에는 두 부류의 이야기꾼이 있습니다. 토박이 이야기꾼과 떠돌이 이야기꾼. 토박이 이야기꾼은 전통 사회에 살면서 마을에 내려오는 이야기들을 다 알고 있죠. 떠돌이 이야기꾼은 여기저기 떠돌면서 고향 얘기를 하고, 보거나 겪은 무용담을 다시 고향에서 이야기하며 바깥세상과 안을 연결하죠. 요즘은 구분 없이 마구 떠돌기 유리한 세상입니다. 저 역시 외국에서 8년을 살았지요. 그곳 사람들이 모르는, 다른 전통적인 방법과 양식으로 세계 사람들을 마주하는 이야기를 담자고 생각하곤 했어요. 떠돌이지만 토박이성을 지향하자는 거죠. 그래서 저는 30대보다 지금이 젊다고 생각합니다.

황석영 작가와의 대담

Q : 반드시 써야겠다고 생각했는데 쓰지 못한 이야기가 있나요?

A : 없습니다. 글을 쓸 때 제 원칙은 재미있는 이야깃거리를 잡아서 쓰는 겁니다. 잘 알고 재밌는 얘기부터 시작해보세요. 하루아침에 굉장히 좋은 작품을 쓸 수 있는 게 아닙니다.

Q : 꼭 써야만 하는 이유는 무엇인가요?

A : 계약금 때문이죠.(웃음) 소설을 너무 근엄하게 생각하지 마세요. 물론 내가 이 시대와 관계를 맺으며 살고, 나의 말이 관계를 변화시킬 수 있을까? 하는 생각들에 조금이나마 책임은 지고 싶습니다. 직업윤리 같은 거죠. 그러나 내 문학을 어떻게 생각하느냐 묻는다면 가치관도 그렇고, 문학이 낡은 소설이라는 틀 자체가 변하고 있는 중입니다.

Q : 이 시대에 문학을 하고자 하는 학생들이 배워야 할 태도는 무엇이고, 또 갖지 말아야 할 태도가 있나요?

A : 그런 건 없습니다. 문단이라는 것 자체가 없으므로 여러분이 각자 갖고 있는 것이 바로 세계입니다. 등단도 없습니다. 저는 문학상 제도를 불신하는 편입니다. 마음 맞는 친구들끼리 모이면 되는 겁니다. 시인도 그렇지만 전 세계적으로 시가 사라졌습니

다. 유일하게 시집이 꽂혀 있는 서점이 바로 한국 서점입니다. 그래서 시를 읽고 시집을 사는 게 마치 우표 수집 같다고 생각했죠. 현대적인 서사가 미디어와 함께 가며 살아남아야 한다고 생각합니다.

Q : 『바리데기』는 사실적인 글이 많다고 생각하는데, 모두 경험하기엔 불가능한 일이지 않습니까? 작가가 모든 일을 겪고 글을 쓸 수 없는데 겪지 못한 이야기로도 자신 있게 글을 쓸 수 있을까요?

A : 서사가 제일 활발했던 게 60년대 문학입니다. 겪은 게 많았거든요. 이후의 작가들을 보면 서사가 부족하고 문장 수식에 빠지는 경향이 많습니다. 경험을 충분히 할 수 없다면 책을 많이 읽어서 간접경험이라도 많이 해야 합니다. 한계는 있지만, 자기가 겪은 경험을 바탕으로 필터로 거르듯 읽으면 타인의 경험을 자기화하는 과정이 됩니다. 중요한 건 스스로 알아서 하는 겁니다. 재밌고 좋은 고전들이 많습니다. 그렇다고 또 문학책만 읽으면 안 되고요.

Q : 현실과의 접촉이 중요하다고 하셨는데, 현실 속에 사는 저희들은 너무 혼란스럽기만 합니다. 젊은 세대가 논의해야 할 문제나 들여다봐야 할 심연이 무엇이라 생각하시나요?

A : 젊었을 때부터 저를 찾아오는 사람이 많았습니다. 결연한 자세와 표정으로 사르트르를 어떻게 생각하느냐고, 그런 식의 질문을 하더군요. 멀리서 찾지 마세요. 사실 현실이라는 게 아버지 뭐 하시나 묻고, 형제는 몇인지, 어떻게 지내는지 자기 주변을 더듬어보게 하죠. 자신이 가진 삶의 조건을 들여다보세요. 삶에 발붙이고, 내가 서 있는 바로 그 주변에서 시작하는 거죠. 대신 그걸 바탕으로 자기 이야기가 한층 깊어지고 풍부해지게 만들어야죠.

Q : 혹시 장기 슬럼프를 겪으신 적 있나요? 있다면 어떻게 극복하셨나요?

A : 15년 동안 소설을 안 썼어요. 작가에게 슬럼프란 자기 삶이 게을러지고 치열해지지 않을 때 옵니다. 매너리즘이라는 게 했던 것을 반복하는 일 아니겠습니까. 늘 변화하려고 노력해야 합니다. 많이 읽으세요. 늘 다르게 생각하십시오. 두려워하지 말고 겪으세요. 직접 부딪치고 깨지면서 나아가세요. 물론 내가 아버지라면 하지 말라고 하겠지만.(웃음)

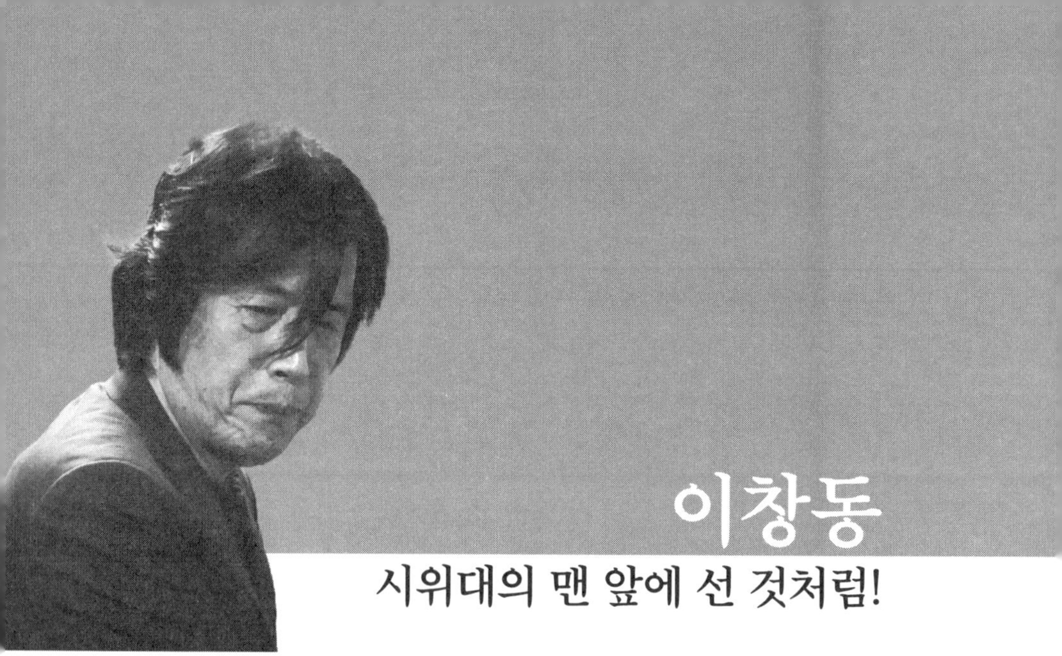

이창동

시위대의 맨 앞에 선 것처럼!

요즘 한국 문학은 문예창작과 출신들이 주도하고 있다는데 그 중에서도 가장 유서 깊은 중앙대 문창과 여러분을 만나게 되어 반갑습니다. 예술과 창작을 하고 싶어 하는 학생들에게 현재의 대학이 얼마나 냉담한지 잘 알고 있어요. 과거의 대학이라고 해서 학생들을 뜨겁게 안아주는 분위기는 아니었으나 지금처럼 냉정한 경쟁 체제나 마일리지를 쌓는 것처럼 스펙을 요구하는 그런 분위기는 아니었죠.

창작하는 학생들은 총체적인 고뇌 속에서 한 줄기 빛을 찾아가는 과정을 겪어야 하고, 그걸 얼마나 깊고 오래 하느냐에 따라 자신만의 창작 작업을 진행할 수 있게 됩니다. 그런 점에서 학교는 학생들의 손을 잡아주는 데에 인색한 곳이에요. 이것은 학생의 책임도 선생의 책임도 아니고 전 세계적인 제도, 시스템의 문제라고 생각합니다.

문제에 대해 좀 더 이야기해보기 위해 이 시대에 어떤 문제가 의미 있는지 생각해볼까요? 개인적으로 우리 시대에 가장 중요한 이슈는 '젊음'이라고 생각해요. 과거의 젊음은 물질적으로든 사회적으로든 힘들었어요. 휴교를 안 한 해가 없었고 교정에는 전경이 들어와 있었죠. 그럼에도 우리 세대보다 여러분이 불쌍하다고 느끼는데, 이 시대만큼 젊음이 위기에 처한 시대가 없었기 때문이에요. 지금 20대는 스스로 에너지를 잃어버렸어요. 이건 좀 심각한 문제입니다.

인류 역사에서 모든 세대는 젊은이들이 문제라고 말해왔습니다. 그러나 지금 이 시대의 한국 젊은이들은 문제가 없는 것처럼 보여요. 젊은 세대는 모두가 적당히 우울해 있고, 적당히 소심하죠. 물론 이건 세계적인 현상이에요. 세대의 선순환이야말로 사회가 생명력을 유지하는 가장 큰 힘인데, 지금 젊은 세대가 '희망 없음'에 길들여져 있다는 것은 정말이지 큰 문제예요. 또 당장 여러분들이 겪고 있는 젊은이들의 문제가 문학이나 영화, 심지어 드라마에도 나오지 않아요. 젊은이들은 자기 목소리를 갖고 자기 방식으로 이야기해야 합니다. 여러분들이 그 일을 해주었으면 좋겠어요.

이 중에 시위를 해본 사람이 있나요? 시위를 하다 보면 과격한 사람만 앞에 서는 게 아닙니다. 자기도 모르게 밀려서 앞으로 가는 경우가 있는데 그렇게 앞으로 내몰리면 고민이 많아지죠. 구호를 외쳐야 하는지, 농성해야 하는지. 그런데 조금만 뒤에 서도 앞사람을 따라 하기만 하면 돼요. 앞에서 손들면 따라 들고, 노래 부르면 따라 부르고. 맨 뒷줄에 있으면 그저 따라가기만 하면 되고요. 그러다 옆이나 밖으로 밀리면 구경하게 되고. 이 이야기를 하는 이유는 내가 영화를 만드는 사람으로서 맨 앞에 있다고 생각하기 때문이에요. 지금 무슨 이야기를 해야 하는지, 만들어야 할 영화가 무엇인지 늘 고민해요. 물론 그 고민은 쉽지 않죠. 여러분들은 글을 쓰는 사람이에요. 자신이 시위 대열의 맨 앞에 있는 사람이라고 생각해야 합니다. 중간이나 뒤에서 앞사람들 뒤통수만 본다면 작가가 될 수 없어요. 설령 된다고 하더라도 의미 있는 작가가 될 수 없죠.

문학은 당장 되진 않아요. 당장 되는 걸 원한다면 다른 걸 하는 게 낫죠. 시간이 걸리겠지만 하루도 쉬지 않고 계속해야 합니다. 그것보다 더 본질적으로 여러분에게 필요한 건 내가 제일 앞에 있다고 생각하는 것이고요. 그러면 글을 읽는 방식이 새롭게 달라질지도 모릅니다. 이런저런 두서없는 이야기를 많이 했지만, 분명한 것은 여러분들 안에 모든 것의 답이 있다는 점이에요. 이 중에서 조금이나마 기억에 남는 이야기가 있었으면 좋겠고, 그것이 조금이라도 여러분에게 힘이 됐으면 좋겠습니다.

이창동 감독과의 대담

Q : 감독님은 본인의 작품을 예술 영화라고 생각하시나요?

A : 영화를 시작하고 첫 작품부터 지금까지 상업 영화의 시스템 안에서 찍었어요. 상업 영화라기에는 너무 재미없지 않으냐고 이야기할 수는 있겠지만요. 어쨌든 나는 상업 영화를 찍었고, 놀랍게도 다섯 편 중에 네 편은 손해 보지 않았어요. 물론 「시」는 망했지만요.(웃음) 「시」는 일본 여행 중에 구상한 영화예요. 아주 시적인 풍경의 음악이 흘러나오는 TV 화면이 있었는데 순간적으로 '시'라는 제목이 떠올랐죠. 이렇게 말하면 '와 그런 영감을 한꺼번에 얻었단 말이야? 대단하네!'라고 생각할 수 있지만 그걸 생각하기까지 굉장히 많은 시간과 고민이 있었어요. 같이 여행을 간 시인이 있었는데 다음엔 무얼 할 거냐고 묻기에 '시'라는 제목의 영화를 하고 싶다고, 생각했던 스토리를 이야기해줬죠. 그랬더니 그 시인이 나한테 '너는 한두 번의 성공을 하더니 너무 기고만장한 것 아니냐.' 하더군요. 그래서 속으로 '아 이건 반드시 해야겠다.' 생각했어요. 결과는 여러분이 아는 대로죠. 그러나 처절하게 깨지진 않았어요. 어쨌든 나는 늘 상업 영화를 만들었고 앞으로도 상업적인 영화를 만들 것 같아요. 그런데 점점 어려워질

거라는 생각은 들어요.

Q : 영화 「시」에서 미자는 시를 씁니다. 감독님은 이전에 소설가셨으니 미자가 소설을 썼다면 어땠을까요? 미자가 소설이 아닌 시를 쓰는 이유는 무엇인가요?

A : 미자는 가방끈이 짧은 60대 중반의 여자예요. 육체를 써서 노동일을 하죠. 뒤늦게 시를 쓰는 것도 힘든데, 소설을 쓴다고 하면 현실성이 떨어졌을 거예요. 영화 「시」에서 현실과 아름다움, 예술과 아름다움에 대해 이야기하고 싶었고, 그것의 가장 본질적인 장르가 시라고 생각했어요. 특히 예술은 눈에 보이지 않는 진정한 아름다움을 찾아서 드러내는 것인데, 시야말로 그런 예술의 의미를 담고 있죠. 그래서 미자가 시를 쓰느냐, 소설을 쓰느냐는 선택의 여지가 없었어요. 당연히 시를 써야 했죠.

나는 83년에 등단했는데, 80년대에 등단하거나 작가 생활을 시작한 사람들은 그 당시 광주의 비극이 압도적이고 충격적이라 그걸 자신의 문학과 관련짓지 않고는 글을 쓸 수 없었어요. 글을 쓴다는 건 현실을 반영하고 현실에 대한 나의 생각을 어떤 방식으로든 이야기하는 것인데, 광주항쟁으로 시작한 군사정권과 공격적인 사회 분위기, 온갖

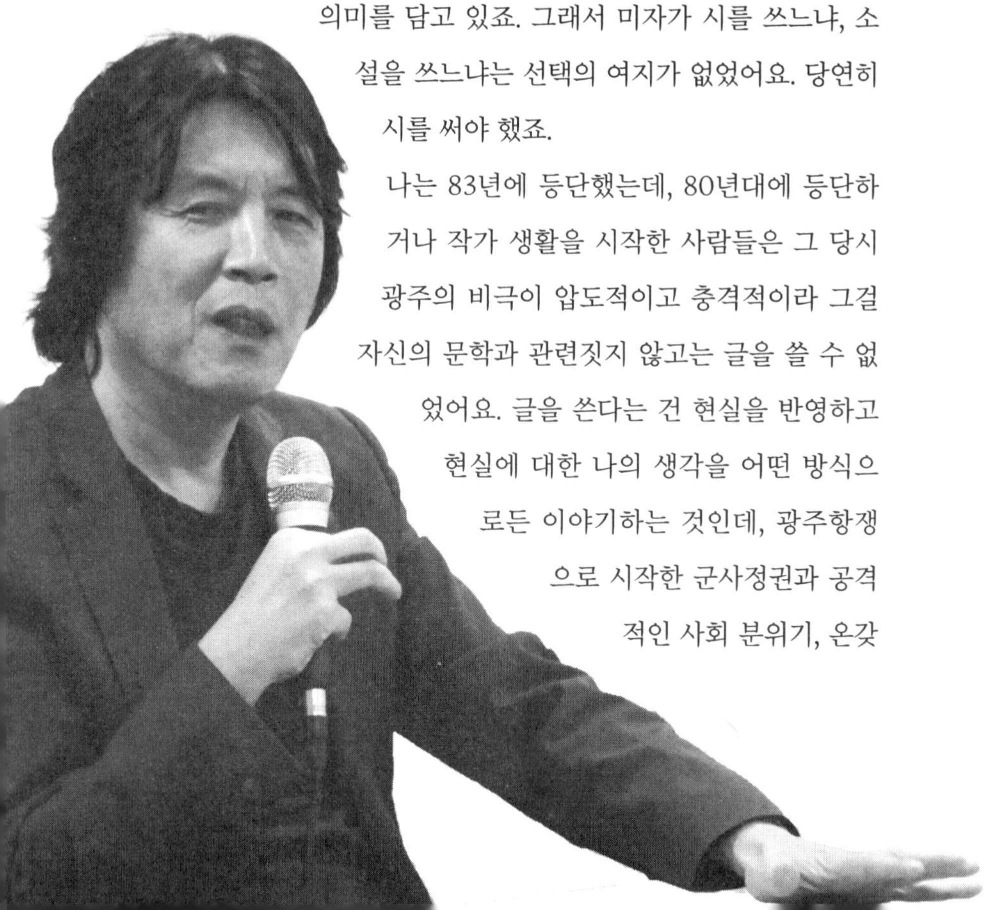

갈등들이 일상까지 침투되어 벗어날 수 없었어요. 자신의 글이 현실의 모순을 바꾸는 데 얼마나 도움이 될지, 당시 작가들에게는 그것이 가장 큰 고민이었죠. 그래서 예술을 한다는 것이 눈앞에 보이는 현실의 고통과 어떤 관계가 있는지 생각하기 시작했어요. 「시」는 그런 질문을 예술에 대해 고민해보지 않은 아주 평범한 60대 할머니를 통해 이야기해보고자 한 영화예요.

Q : 데뷔하고 20년이란 시간이 흘렀습니다. 처음 영화를 시작했을 때 가지고 있던 질문들을 해결하셨나요?

A : 고민을 영화로 만들었다고 제 할 일을 다 한 게 아니에요. 영화는 답을 말하는 것이 아니라 관객에게 질문하는 것이기 때문이죠. 개인적으로 영화로 메시지를 전달하는 걸 좋아하지 않아요. 메시지가 강한 영화들은 역설적이게도 상업 영화예요. 상업 영화는 권선징악처럼 메시지가 분명하죠. 그런 메시지를 과연 관객이 받아들이나요? 아니죠. 관객이 스스로 답을 찾을 수 있게 하는 게 진짜 영화가 아닐까요? 그래서 영화를 만들면서 어떤 방식으로 질문하는 것이 유리할까 고민해요. 우리 시대에서 가장 중요한 것이 무엇인지를 질문하고, 그걸 관객들에게 일깨워야 하는데 생각만큼 쉽지는 않아요. 항상 이전과 다른 새로운 '무엇'을 하려고 노력합니다.

한국 문학 신예와의 만남

류현주 박세현
조영진 윤가람
임재홍 최신영

고양이 무덤

류현주

소녀는 마루에 앉아 편육을 씹는다. 물렁뼈가 우둑우둑 끊어진다. 할머니의 족발을 떠올린다. 마늘만 넣고 한나절 삶아낸 단족은 물에 분 시체, 그것이었다. 희멀건 껍질과 지방이 허물어져 혀에 달라붙었다. 발톱과 털이 적나라한 족발을 소녀는 이를 세우고 뜯어 먹었다. 간간이, 할머니는 새우젓을 손가락으로 집어 소녀의 입에 넣어주었다. 할머니의 손가락은 새우젓 맛이었다. 오늘 새벽 할머니의 손가락은 차가웠다. 죽은 병아리를 연상케 했다. 뻐드러진 날갯죽지를 만졌을 때와 같이, 섬뜩한 냉기가 혈관을 타고 들어와 아랫배에서 휘돌았다. 할머니의 냉기는 이제 소녀의 골반과 등뼈에 머무른다. 소녀는 기름 묻은 손가락을 빨면서 엉덩이를 들썩인다.

할머니가 죽었을 때 소녀는 울지 않았다. 아무도 울지 않는다.

조문객은 아직 떠나지 못한 사람들뿐이다. 그들은 보상금을 백억이나 받은 김 노인에 대해 이야기한다. 다달이 받을 이자를 계산하다 탄식한다. 이미 분양 중인 '선셋 시티' 아파트의 부실에 관해 두런거린다. 간척지에 고층 아파트를 올려놓아 지반이 내려앉고 있다, 김 노인의 아들 내외가 사는 집 벽에는 벌써 금이 갔다고 한다. 어머니는 그들이 비운 소주병을 치우고 아직 깨끗한 상을 훔친다. 고모는 혼자서 마른안주 한 줌을 놓고 소주를 홀짝인다. 아버지의 곡은 자장가처럼 들린다. 평화롭다. 할머니는 너무 오래 아팠다. 어머니와 아버지는 이 집을 얻으려고 할머니를 삼 년이나 보살폈다. 평화는 정당하다.

그렇지 않다는 듯 여자는 뛰어든다. 곡이 끊기고 말이 멈춘다. 여자는 오열하며 가슴을 쥐어뜯는다. 푸른 꽃무늬가 곰팡이처럼 수놓인 블라우스가 찢어진다. 젖가슴이 훤히 드러난다. 희고 둥글다. 부드럽게 출렁인다. 앙상한 몸에 비해 지나치게 탐스럽다. 여윈 몸은 그러나 유연하다. 쉽사리 기이한 각도로 뒤틀린다. 고양이 같다. 그러고 보니 여자의 울음소리도 고양이의 절규를 닮았다. 여자는 이제 입가로 거품을 흘린다. 소녀는 입가로 맑은 침을 흘린다. 편육 조각이 턱에 묻었다. 어른들은 서거나 앉은 채 무르춤하다. 소녀는 헐떡이며 두리번거린다. 시선들은 하나같이 날파리처럼 떠돌아다닐 뿐 붙잡히지 않는다.

그러다 문득, 소녀는 직선의 눈빛을 본다. 직선으로 이루어진 소년이 직선을 따라 걸어온다. 소년은 강마르고 작다. 소년은 침착하게 여자의 머리채를 휘어잡는다. 두 뺨을 차례로 갈긴다. 배를, 허리를 밟는다. 폭행은 효율적인 한편 필사적이다. 여자는 땅바닥을 기며 킬킬댄다. 곧 숨넘어갈 듯 웃는다. 소년은 아랑곳 않고 더러운 머리채를 꺼두른다. 여자는 네 발로 끌려간다. 월남치마가 뒤집혀 허리에 걸리고 거무죽죽하고 늘어진 음부가 보인다. 가장 더러운 곳에서 가장 오래 살아남은 생물 같은 그것이 빼끔 숨을 터뜨렸을 때 소녀는 편육 접시를 떨어뜨린다. 여자가 그랬듯, 소녀는 몸을 뒤틀며 거품을 문다. 척추에 감긴 냉기가 요동한다. 소녀는 "엄마!"라고 소리치지 못한다.

*

'신경성'이라고 의사는 못 박는다. 아직 어린아이가 아니냐고, 어머니는 반박한다. 어린아이라고 스트레스가 없겠느냐고, 의사는 설명한다.

"자기는 아무 설명도 못 들었는데, 집이 바뀌고, 학교가 달라지고, 낯선 또래들 사이에 놓인다고 생각해보세요. 아이한테 그건 재앙에 가깝습니다."

처방약을 지으면서 어머니는 제산제도 산다. 잠시 고민하다 진통제도 한 갑 계산한다. 수입 란제리 사업이 망한 후 어머니는 신경성 위염을 얻었다. 아버지는 신경성 두통을 앓았다. '신경성'은 '불치'와 거의 동의어다. 소녀뿐 아니라 온 가족이 거의 불치인

재앙에 시달리고 있다.

가능한 안정을 취해야 한다고, 의사는 당부했다. 학교까지 거리는 왕복 세 시간이다. 여름방학까지는 두 달이 남았다. 당분간 쉬어보자고, 어머니는 말한다. 아버지는 가타부타 말이 없다. 여름이 지나면 무슨 수가 나겠지요, 어머니는 덧붙인다.

"그때는 보상금도 나올 것이니까요. 이억은…… 되지 않겠어요?"

아버지는 그저 부채를 흔든다. 날은 이미 덥다. 슬레이트 지붕은 하루 종일 뜨겁다. 시멘트 블록으로 올린 벽은 단열이 안 된다. 주워다 붙인 새시는 소리조차 차단하지 못한다. 이십 년 전 날림으로 지은 집은 이십 평이다. 택지는 팔십 평이고 그 위에 텅 빈 창고 한 채와 옥외 변소와 보일러실이 더 있다. 이억……. 소녀가 땀을 흘리며 뒤챈다. 아버지는 부채의 방향을 바꾼다.

*

아침나절 소녀는 창고에 틀어박혀 책을 읽는다. 한때 방앗간이었던 창고에서는 아직도 쌀 냄새가 난다. 어머니는 동화책만은 팔지 않았지만 소녀는 이미 마녀와 호랑이와 순무에 질렸다. 대신 소녀는 여성동아, 여성중앙, 전원생활 따위를 애독한다. 부부상담 코너를 읽을 때마다 소녀는 고양이와 눈이 마주친다. 뚱뚱한 얼룩무늬 고양이는 창고에 살고 있다. 방앗간 시절 키우던 쥐

잡이 고양이의 후손이다. 녀석은 쥐를 잡지 않는다. 늘 같은 자리에 썩은 식빵처럼 웅크리고 있을 따름이다. 집고양이의 자손이지만 녀석은 주인이 없다. 이 동네에 번성한 고양이들이 다 그렇다.

발작이 찾아온다. 오늘은 심하지 않다. 손발이 떨릴 뿐이다. 어제는 혀를 깨물었다. 소녀는 창고 바닥에 누워 발작이 지나가기를 기다린다. 어느새 익숙해졌다. 정신을 붙잡는 요령도 익혔다. 아무 소리에나 귀를 기울이는 것이다. 대개 고양이 울음소리가 걸린다. 아무튼 이 동네에는 고양이가 많다. 소녀는 이제 암고양이가 새끼를 찾는 소리와 수컷을 찾는 소리를 구별할 수 있다. 그러나 아직 교성은 가려내지 못한다. 소녀는 고양이가 죽어가고 있다고만 여긴다.

발작이 그치고 소녀는 기진해 잠든다. 고모가 소녀를 깨운다. 소녀는 고모를 따라가 점심을 먹는다. 어머니는 고모가 소녀의 점심을 챙기는 것을 마뜩잖아한다. 언젠가는 고모가 음식에 미원을 너무 많이 넣는다고 말했다. 익숙지 않은 직장에 다니느라 바쁜 와중에도 어머니는 부지런히 건강식을 만들었다. 데우기만 하면 먹을 수 있도록 한 끼분씩 밀봉해 냉장고에 넣어두었다. 그러나 소녀는 냉장고를 열어보지도 않았다. 만들어둔 음식은 퇴근한 어머니가 저녁으로 먹었다. 미처 먹어치우지 못한 음식이 썩은 날 어머니는 울었다. 서울로 올라가지 못하는 게 내 잘못은 아니잖니, 어머니는 호소했다. 하지만 어머니가 생각하는 것처럼 소녀가 복수를 위해 음식을 내버려둔 것은 아니었다. 단지 밀폐용기에 든 네모난 밥을 보면 슬퍼졌을 따름이다.

팽이버섯과 잘게 썬 삼겹살이 듬뿍 든 된장찌개, 노란 단무지, 조가 약간 섞인 밥을 소녀는 맛있게 먹는다. 고모는 소녀의 콧잔등에 맺힌 땀방울을 닦아주며 오늘도 아팠느냐고 묻는다.

"조금."

고모는 소녀가 신병에 걸렸다고 생각한다. 그것도 단물샘 할미가 내린 것이라고 믿는다. 단물샘은 동네 어귀에 있는 오래된 우물이다. 식수원이던 시절에는 당산나무에 버금가는 대접을 받았다. 해가 바뀌면 우물 바닥까지 청소를 하고 제사를 올렸다. 쓸모없어진 뒤에도 청소만은 계속했으나 재개발 계획이 본격화되면서 그마저 하지 않게 되었다. 우물터를 둘러선 나무에서 낙엽이 떨어져 쌓이고 썩어 우물에서는 악취가 풍긴다. 단물샘 할미가 갈 데를 찾다 이 어린것에게 들어오고 만 것이라고, 고모는 확신한다. 가엾은 것, 고모는 연신 소녀의 머리칼을 쓸어 올린다. 소녀는 숟가락을 물고 잠시 존다.

고모는 노랑이 몫의 잔반을 담 위에 올려놓고 소녀는 뒤뜰을 가로질러 뒷문을 빠져나간다. 소녀는 합판장에서 오후를 보낸다. 백 평 남짓한 공터에 버려진 합판들이 탑을 이루고 있다. 합판장은 영락없는 미로다. 합판의 수는 때로 조금 줄어들고 때로 조금 늘어나는데, 누가 합판을 실어오고 실어가는지, 출발지와 목적지는 어디인지 소녀는 모른다. 재개발이 시작되면 합판은 어디로 갈까? 몰락한 왕국처럼 토사에 묻힐까? 아이들이 학교를 마치고 돌아오기 전 소녀는 가장 좁은 틈새에 몸을 숨긴다. 곰팡이 슬고 썩은 합판 냄새, 트럭에서 새어나와 흙에 스며든 기름 냄새를 흠뻑 들이마신다. 그늘에서 자라는 가늘고 긴 덩굴식물과 검고 진득진득한 흙을 이겨 경단을 빚는다. 얼마쯤 지나서 아이들이 들이닥친다. 아이들은 합판 더미를 기어오르고 또 뛰어내리며 소리를 지르고 욕을 하고 웃는다. 몇 남지 않은 아이들은 특별히 사납다. 소녀는 끝없이 흙 경단을 빚으며 귀를 세운다. 나를 찾아낼까? 끌어낼까? 어스름이 지고 아이들이 돌아가면 소녀는 밖으로 나와 흙 묻은 손으로 눈을 비빈다.

어둡다. 깜짝 놀라 일어나다가 소녀는 합판 가장자리에 뺨을 긁힌다. 고요하다. 문득 악취를 맡고 코와 입을 가린다. 소녀가 있는 곳보다 더 깊숙한 구석에서 무언가 움직인다. 소녀는 눈을 깜빡인다. 서서히 눈이 어둠에 적응한다. 소년이 보인다. 소년은 거적때기를 들고 있다. 발치에는 또 다른 거적때기 뭉치가…… 아니, 아니다. 소녀는 도둑처럼 다가간다. 아직 소녀는 반쯤 몽중이다. 거적때기 뭉치의 정체를 알았을 때야 완전히 깨어난다. 그것은 고양이들이다. 밀가루 반죽처럼 뒤엉긴 고양이의 사체들이다. 소년은 태연히 또 한 구의 사체를 더한다. 그리고 오줌을 싼다. 소녀는 소년의 음경을 오래도록 쳐다본다. 소년은 한 차례 부르르 떨고 바지춤을 여미며 소녀를 일별한다. 소녀는 순간 수치심을 느낀다.

"네가 죽였어?"

소녀는 묻고, 소년은 무심히 바지춤을 점검한다.

"네가 죽였냐고!"

쓰러진 합판탑 밑 개구멍으로 소년은 뱀처럼 빠져나간다.

고모 집 뒷담에 노랑이 대신 줄무늬가 찾아든다. 고모는 줄무늬를 쫓아버리고 잔반을 치운다. 노랑이 외의 다른 고양이는 고모에게 모두 요물이다. 노랑이는 어미이기에 특별했다. 녀석은 새끼들에게 길 건너는 법을 가르치고는 했다. 건너편에 새끼들을 남겨두고 길을 가로지른 다음 안전한 때를 골라 야옹야옹 울었다. 새끼들이 우물쭈물하면 소리를 질렀다. 마침내 새끼들이 무사히 길을 건너면 정성스레 핥으며 칭찬해주는 시늉을 하고는 했다.

고모가 잔반이나마 밥을 챙긴 일 년 사이 노랑이는 새끼를 세 번 낳았다. 이제 마을버스조차 다니지 않건만 이번에도 노랑이는 어김없이 새끼들에게 횡단하는 법을 가르쳤다. 소녀도 고모와 함께 그 장면을 보았다.

소녀는 합판장 대신 컨테이너로 달려간다. 노랑이는 컨테이너 집 밑에 굴을 파고 새끼들을 거두었다. 젊은 부부가 살던 컨테이너는 한참 전에 비었다. 근처 공고 학생들이 그곳에서 술을 마시고 담배를 피우고 여학생을 윤간한다. 컨테이너 벽은 빨간색과 파란색 락커로 낙서가 되어 있다. 소녀는 사납게 일렁이는 벽을 곁눈질하며 노랑이의 굴을 찾는다. 노랑이는 왜 이런 곳에 둥지를 틀었을까? 사람이 드나드는 곳에는 사나운 수고양이나 들개가 범접하지 못하기 때문일까? 컨테이너 모퉁이를 돌자 소년이 보인다.

소년은 쭈그려 앉아 새끼 고양이들을 어루만지고 있다. 다섯 마리의 새끼 고양이들은 하나같이 근친으로 태어나 꼬리가 짧다. 새끼들은 천진하게 소년의 손가락에 매달린다. 허기를 이기지 못하고 빨기도 한다. 소년은 제 손가락을 빠는 녀석의 목덜미를 쓰다듬다가 별안간 목을 졸라 떼어낸다. 그리고 탁구공만 한 머리를 돌로 깨부순다. 형제가 처참하게 살해당했는데도 새끼들은 도망가지 않는다. 소년은 나머지 새끼들의 머리도 차례로 내리친다. 소녀는 끔찍한 광경보다는 새끼들의 완벽한 무저항에 충격받는다. 아주 조금 오줌을 지린다. 목 위가 으스러진 다섯 구의 작은 사체를 소년은 하나씩 주워 모은다. 그리고 유유히 소녀를 지나친다.

어디선가 회색 고양이가 튀어나와 소년의 정강이에 머리를 비빈다. 소녀는 경악한다. 소녀와 마주치자 회색 고양이는 털을 거꾸로 세우고 쇳소리를 내고는 어느 담장을 넘어 사라진다. 소년의 걸음마다 고양이들이 달라붙는다. 비굴할 정도로 친근하다. 반면 소녀를 발견할 때마다 고양이들은 명백한 적의를 드러낸다. 그나마 소년은 무관심하다. 소녀는 문득 외로움을 느낀다. 불쾌하다. 소녀는 소년의 뒤에 바투 붙는다.

"너 그러다 고양이 귀신 붙는다."

소녀는 흥분으로 목구멍이 조인다. 말을 잇는다.

"난 벌써 붙었어, 귀신."

그러나 소년이 걸음을 멈춘다. 소녀는 겁을 집어먹는다. 소년은 검고 반들반들한 눈으로 오래도록 소녀를 응시한다. 그리고 하얀 손목을 낚아챈다. 소녀는 끌려간다. 넘어지지 않으려면 뛰어야 한다. 마을을 벗어난다. 고랑도 없는 빈 밭이 끝도 없이 펼쳐진다. 밭둑을 따라 소년은 계속 걷는다. 소녀는 너무 무서워 울지도 못한다. 얼금얼금 얽은 우물 앞에서 소년은 멈춘다. 소녀의 목덜미를 잡고 우물을 향해 누른다. 한순간 소녀의 숨이 멎는다. 우물물은 검다. 썩은 낙엽들은 가라앉았다. 떠 있는 것은 쥐의 사체, 그리고 소녀의 얼굴이다. 우물 깊은 곳을 휘돌아 빠져나가는 빈약한 바람 소리를 소녀는 듣는다. 그것은 얼핏, 울음소리 같기도 하다.

"뭐가 들려?"

소년의 목소리는 뜻밖에 미성이다.

"안 들려?"

소녀는 딸꾹질을 한다.

*

여자는 오래전부터 귀신 들린 년이었다. 그녀는 우물에 두 번 빠졌다. 처음에는 푹 젖은 채 노파에게 뺨을 맞았다. 부정한 계집이 단물샘에 몸을 담그다니, 천벌을 받을 것이다, 노발대발하던 노파는 이듬해 죽었다. 그 해 겨울 그녀는 두 번째로 우물에 몸을 던졌다. 가스 집 남자가 그녀를 건졌다. 남자는 물이 뚝뚝 떨어지는 그녀의 몸을 마음껏 주물렀다. 그동안 소년은 계속 자랐다. 이제 소년은 우물에 들어가려는 여자를 붙잡아 땅바닥에 패대기칠 수 있다. 그때마다 여자는 소년의 바짓가랑이를 잡고 운다. 소리가, 소리가 들린단 말이야, 엄마 좀 보내줘, 응?

*

소녀는 이제 합판장의 가장 좁은 틈새에 숨지 않는다. 보다 넓고, 그래서 볕마저 스미는 곳에 주저앉는다. 그곳에서 자라는 풀은 조금 더 억세고 그곳의 흙은 약간 더 건조하다. 경단이 자꾸 부스러진다. 소녀는 손바닥으로 경단을 납작납작 눌러버린다. 으깨진 머리들을 생각한다. 소녀는 희미한 부패의 냄새를 찾아 코를 쳐든다. 그때, 합판 더미 꼭대기를 점령한 아이들이 소녀를 발견하고 소리를 지른다. 한 녀석이 뛰어내려 소녀를 끌어낸다. 소녀는 무력하게 허우적댄다. 아이들은 손을 떨고 눈을 뒤집고 기이한 소리를 내며 발작하는 시늉을 한다. 낄낄대고 침을 뱉는다. 아이들의 부모는 제 몫의 집이 없다. 형은 락커를 들고 다니며 음주와 흡연을 한다. 누나는 윤간을 당하거나 구경한다. 그들의 불안과 분노를 흉내 내며 자란 아이들은 이제 저 스스로 초조하고 노엽다. 이명이 몰려온다. 소녀는 피가 나도록 귓바퀴를 할퀸다. 아이들은 겁먹는다. 그리고 소녀를 쥐어박고 잡아당기고 밀친다. 어느 먼 곳에서 덤프트럭이 흙과 모래와 돌을 쏟는 소리가 들려온다. 소녀는 별안간 뒤로 넘어간다. 눈을 뒤집고 혀를 빼물고 손발과 팔다리를 꺾고 몸통을 뒤튼다. 연약한 근육들이 한계까지 긴장했다가 이완하더니 끊어질듯 튀어오른다. 산 채로 끓는 기름에 던져진 몸 같다. 얼마나 지났을까? 소녀는 흙투성이로 침과 피를 흘리며 까라진다. 좁아진 목구멍에서 휘파람 소리가 난다. 아직 제자리를 찾지 못한 눈동자가 희번덕인다. 아이들은 마른침을 삼킨다.

"미친년."

모두가 까까머리 사내애를 쳐다본다. 잠시 어리둥절하던 사내애는 별안간 환하게 웃는다. 아이들도 웃음을 터뜨린다. 사내애가 주먹만 한 돌을 들어올린다. 소녀는 돌을 보지 않는다. 그 너머의 소년을 본다. 소년은 썩은 식빵처럼 뚱뚱하고 더러운 고양이 사체를 들고 있다. 아이들이 수런거린다. 사내애가 팔을 내린다. 소년은 소녀를 구하러 온 것이 아니다. 그 사실을 소녀는 안다. 하지만 사내애는 그렇게 생각하지 않는다. 그래서 화가 난다. 사내애는 소년에게 돌을 집어던진다. 돌은 소년의 왼쪽 어깨에 맞고 떨어진다. 고양이 사체가 뒤흔들리고 누군가 새된 숨을 들이쉰다. 야, 그만해, 한 아이가 사내애의 팔꿈치를 잡는다. 사내애는 그 아이를 밀어 넘어뜨리고 마구 밟는다. 아이는 익숙하게 폭

력을 감당한다. 사내애는 발길질을 멈추고 소년을 돌아본다. 창녀 새끼. 아이들은 다시금 긴장한다. 사내애는 잠시 생각하다가 빨리 말한다. 네 엄마는 네 좆도 빨아주지? 말이 만족스럽게 혀에 감긴다. 흘낏, 소녀를 내려다보고 사내애는 씩 웃는다. 너 저년이랑 했냐? 소년은 대답이 없다. 사내애는 제법 그럴듯하게 가래침을 뱉는다. 씨발, 재수 없는 것들. 사내애는 아까보다 더 큰 돌을 주워든다.

소녀는 자신의 머리에 쏟아지던 말들과 사내애가 소년에게 한 말들을 곱씹는다. 말들은 윗배 즈음에 달라붙어 떨어지지 않는다. 어떤 말은 혈관에 사는 벌레처럼 구물구물 핏줄을 타고 기어다닌다. 소녀는 팔뚝을 긁는다. 그리고 자신이 움직일 수 있다는 것을 깨닫는다. 소녀는 일어나 다시 소년을 본다. 소년은 나무를 깎아 만든 것 같은 표정으로 꼼짝하지 않는다. 사내애는 성큼성큼 소년에게 다가가고 있다. 소녀는 갑자기 튕겨나가듯이 움직인다. 사내애를 앞지른다. 소년에게서 고양이 사체를 빼앗는다. 고양이의 꼬리를 쥐고 휘두른다. 고양이는 합판에 부딪치고 바닥에 부딪치고 소녀에게 부딪치며 조금씩 부서지고 터진다. 고양이의 뼈가 박살나고 살점이 튈 때마다 소녀의 손목뼈는 무섭게 진동한다. 마침내 형체조차 알아볼 수 없게 된 고양이 사체를 소녀는 아이들에게 던진다. 아이들은 화들짝 놀라며 한 발짝 뒤로 물러선다. 끝이다. 누군가 울음을 터뜨린다. 울음소리를 매달고 아이들은 도망친다. 사내애도 슬금슬금 뒷걸음질 치다 아무 데나 돌을 던져버리고 욕을 하며 달려간다.

소녀는 고양이털이 무수히 달라붙은 손으로 소년의 팔을 움키고 아주 잠깐 흐느낀다. 소년은 고양이의 체액이 묻은 손가락으로 소녀의 턱을 만지고 입술을 누른다. 소녀는 혀를 내민다. 소년도 따라 한다. 혀는 허공에서 만난다. 침이 마르고 혀가 차가워질 때까지 둘은 꼼짝하지 않는다. 축축하고 미끈미끈하며 오톨도톨한 서로의 살덩이를 머릿속에 새겨넣는다. 잠시 뒤 소년은 넝마가 된 얼룩 고양이 사체를 그러모은다. 소녀는 사과한다. 괜찮다, 상관없다고 소년은 말한다.

*

소년은 갓 떠난 사람들이 버린 쓰레기를 뒤진다. 처음에는 고물장수가, 그다음에는 고등학생들이 돈 될 만한 것을 모두 쓸어가 쓸 만한 것은 별로 없다. 어제는 공씨네가 떠났다. 떠나는 사람들 대부분이 의외로 많은 것을 버린다. 목적지에서 새로운 삶이 시작되리라 믿는 까닭이다. 그들은 새 집에 어울릴 만한 가구를 사고 최신 가전을 들인다. 보상금은 집을 얻느라 이미 바닥났으므로 그 비용은 물론 다 빚이다. 삶은 쉬이 궤도를 벗어나지 않는다. 그 사실을 아는 사람은 버릴 것조차 없는 이들뿐이다. 엊저녁 고물장수들은 가전을 싹 실어갔고, 고등학생들은 매트리스를 업어갔다. 오늘 아침 소년은 꽃무늬 울긋불긋한 인견 원피스와 하늘색 모기장을 줍는다. 돌아서는 발에 죽부인이 걸린다. 선풍기를 타넘으며 소년은, 공씨네의 여름을 걱정한다.

고양이 무덤에는 이미 장구벌레와 구더기가 득시글거린다. 어린 해충들이 몸을 뒤챌 때마다 시체와 오줌이 한데 썩어 고인 물은 끓는 것처럼 보인다. 실제로 물은 가끔 끓어오르듯 거품을 터뜨린다. 거품은 터지며 악취를 퍼뜨린다. 비강과 목구멍에 달라붙는 것 같은 냄새다. 때로 소녀는 자신의 콧구멍 속이 초록색으로 변해 있는 상상을 한다. 유독한 액체에서 태어나 자란 모기와 파리는 검고 커다랗고 그악스럽다. 파리는 무시무시한 소리를 내며 사방에 몸을 부딪고, 모기는 악착같이 살갗에 달라붙어 피를 빤다.

모기를 때려잡아 벌겋게 피가 번진 팔뚝을 문대며 소녀는 물었다.

"그런데 고양이 무덤은 왜 만드는 거야?"

소년은 작업을 멈추고 생각에 잠겼다. 열심히 기억을 더듬었지만 기억의 끈은 자꾸 손아귀에서 미끄러졌고, 잡았다 싶으면 그 끝이 가뭇없었다.

"그냥."

소년은 결론지었다. 고양이 무덤이라는 이름조차 소녀가 지어 붙였다. 무슨 이유가 있었다면 자신도 이 시체 구덩이를 무어라 이름했으리라, 소년은 제 결론을 거듭 점검하고, 소녀는 갑자기 불안한 마음이 들어 소년의 목덜미를 주물렀다.

소녀는 인견 원피스를 요모조모 뜯어보고 소년은 모기장을 치려 애쓴다. 폐자재인 합판 가장자리에는 대개 녹슨 못이나 철사가 박혀 있으므로, 거기에 모기장 고리를 걸 작정이었다. 하지만 일은 생각보다 쉽지 않다. 못과 철사는 소년을 조롱하듯 제멋대로 뻗쳐 있다. 애써 고리를 걸어도 모기장은 한쪽이 주저앉거나 아랫단이 한 뼘이나 들리고 만다. 파리와 충돌하고 모기에 뜯기며 안간힘을 쓰던 소년은 손바닥에 커다란 가시가 박히고서야 체념한다. 아, 신음도 비명도 아닌 가냘픈 소리를 듣고 소녀는 소년의 손목을 붙잡는다. 손톱으로 가시를 빼보려고 하지만 여의치 않다. 소년은 소녀의 촉촉한 가마를 물끄러미 내려다보다가 말한다.

"핥아봐."

소녀는 두어 번 눈을 깜빡이고는 이내 가시가 박힌 자리를 핥는다. 연약한 살덩이가 가시의 끝을 예민하게 감지해낸다. 소녀는 얼른 쌀알 같은 앞니로 가시를 물어 빼낸다. 쑥, 적출의 순간은 뜻밖에도 쾌감을 자아낸다. 소녀는 자기도 모르게 잇몸을 어루만진다. 오줌이 마렵다. 소녀는 불현듯 몹시 부끄러워 바닥에 팽개쳐진 모기장 속으로 뛰어든다.

모기장은 숫제 그물이다. 촘촘한 나일론 그물이 축축한 팔다리에 휘감긴다. 얼굴에 달라붙자 숨 쉬기 어렵다. 소녀는 당황한다. 곧 겁이 난다. 그때 소년의 손이 쑥 들어온다. 그것은 다른 세상으로부터 온 것 같다. 소녀는 가벼운 경이를 느낀다. 소년이 손목을 잡고 끌어당겨 뺨에 비비자 경이는 감격으로 변한다. 이내 둘은 뒤엉긴다. 이제 모기장은 두 사람을 친친 감아 조인다. 훈훈하고 습한 모기장 속에서 두 사람은 호졸근히 젖은 채 깜빡 잠든다.

이윽고 소녀는 인견 원피스를, 소년은 모기장을 둘둘 말아 든다. 박공지붕 집 담을 끼고 돌아 개구리밥 빼곡한 도랑을 따라 백 걸음쯤 걷는다. 거기 소년의 집이 있다. 무너진 시멘트 담장 너머로 볕바른 마당이 보인다. 볕 속으로 앙상한 발이 나왔다 들어가고, 나왔다 들어간다. 여자가 쪽마루에 앉아 정강이를 흔들고 있다. 여자가 머리를 기댄 기둥은 비스듬하고 위태롭다. 기둥에 얹힌 지붕도 마찬가지다. 낡고 깨진 슬레이트 사이로 명아주와 질경이가 무성히 자랐다.

소녀를 보고 여자는 혀를 살짝 내밀며 웃는다. 검고 깨진 이가 드러난다. 여자는 여전히 찢어진 블라우스와 월남치마 차림이다. 블라우스 사이로 비어진 뽀얀 젖가슴을 보고 소녀는 마른침을 꼴딱 삼킨다. 그리고 불쑥 인견 원피스를 내민다. 여자는 입고 있던 옷을 벗지도 않고 원피스를 머리에서부터 뒤집어쓴다. 그리고 다시 똑같은 자세로 앉는다. 이제는 정강이를 흔드는 대신 인견 원피스 자락을 만지작거린다.

소년은 방에 모기장을 쳤다.

"들어와."

소녀와 소년은 모기장 속에서 손가락만 한 당근을 깨물어 먹는다. 당근은 희읍스름하고 물기가 없으며 조금 이상한 맛이 난다.

이것을 소년은 밭 가장자리 흙을 파 찾아냈다. 흙 속에서 겨울을 난 이삭이다. 지금껏 소년은 당근, 감자 이삭을 파내어 먹고 밭두렁을 따라 심은 콩을 따다 먹었다. 이제는 아무도 농사를 짓지 않는다. 텃밭조차 메말랐다. 가끔 소년은 버려진 냉장고에서 시어터진 오이장아찌나 반쯤 상한 콩자반 따위를 건진다. 얼마 전에는 노란 물이 흘러나오는 고깃덩이를 발견해 삶아 먹었다. 꼭 삼일 배앓이를 했다. 소년보다 고기를 많이 먹은 여자는 일주일 내내 물똥을 쌌다. 치마를 허리까지 걷어 말아 쥐고 마당에 쭈그려 앉아 변을 봤다.

여자는 이제 사타구니를 만지작거린다. 가끔 신음 소리를 낸다.

"미친년."

소년은 여자를 때릴 것처럼 들썩이다 주저앉는다.

"그래도 너희 엄마 예쁘잖아."

소녀는 풍만한 가슴과 엉덩이를 떠올린다. 웃을 때 여자의 눈은 곱게 휘어 없어진다. 그 눈매에는 분명 사람을 홀리는 구석이 있다. 소년은 뜻 모를 말로 툴툴거릴 뿐 대답이 없고, 소녀는 약간 토라진다.

일찍 귀가한 어머니는 옷도 벗지 않고 앉아 드라마를 본다. 눈화장을 짙게 한 여자가 악다구니를 쓰고 무언가 깨지는 소리가 났을 때 소녀가 들어온다. 아니, 문턱 위에 선다. 어머니는 피로한 눈으로 소녀의 발을 물끄러미 본다. 흰 양말에 구멍이 뚫렸다. 구멍 밖으로 나온 발가락은 더럽다.

"문턱 밟는 거 아니야."

소녀는 고분고분 문턱에서 내려오지만 선뜻 어머니에게 다가가지 못한다.

"어디 갔다 왔어?"

"저기 앞에. 놀러."

어머니는 벌떡 일어나 소녀의 팔뚝을 붙잡는다. 엉덩이를 마구 갈긴다. 갑자기 멈춰 두리번거리더니 파리채를 가져와 휘두른다. 얇고 탄성 좋은 플라스틱이 여린 살갗에 달라붙었다 떨어지며 새빨간 자국을 남긴다. 소녀는 새파랗게 질려 악 소리도 내지 못한다. 아버지가 돌아온다. 아버지는 어머니의 뺨을 올려붙인다. 어머니의 고개가 돌아갈 때, 소녀는 가슴이 철렁 내려앉는다.

"당신 미쳤어?"

어머니는 어깨를 떨며 운다. 음식이 썩었을 때처럼 서러워한다. 그래요, 미쳤어요, 이런 데서 사람이 안 미치고 살겠어요? 다들 떠나고, 이제는 이상한 사람들만 남았어요, 고모도 이상해요, 딸년은 저 나이에 가랑이를 벌리고 다녀요, 여보, 우리는 대체 언제 여기를 벗어나죠? 네?

밤이 깊자 상처에서 진물이 난다. 이불이 상처에 들러붙는다. 소녀는 잠들지 못한다. 창밖이 푸르스름하게 밝아올 무렵, 결국 이불을 밀치고 일어난다. 안방 앞을 지나갈 때 어머니의 비명 섞인 잠꼬대를 듣는다. 아버지는 코를 곤다. 희푸른 아스팔트길을 소녀는 스텝을 밟으며 걷는다. 원, 투, 쓰리, 원, 투, 쓰리. 고양이들이 이상하게 조용하다. 어쩌면 소년은 벌써 마을의 모든 고양이를 잡아 죽였는지도 모른다. 원, 투, 쓰리, 원, 투, 쓰리.

무너진 담장의 을씨년스러운 윤곽을 보고 소녀는 멈춘다. 여자는 마루에 알몸으로 누워 사타구니를 만지고 있다. 여자의 몸은 푸르고 붉다. 소녀는 멀리서도 여자의 음부를 똑똑히 볼 수 있다. 소년은 우두커니 서서 여자를 내려다보고 있다. 여자가 절정의 신음 소리를 흘렸을 때 암고양이 한 마리가 비명을 지른다. 소녀는 갑작스레 교성을 이해한다. 소년이 뒤를 돌아본다. 빠르게 걸어와 소녀를 지나치더니 담장 밑에서 흘레하던 두 고양이를 무작스레 떼어낸다. 수고양이는 재빨리 달아나고 암고양이는 소년에게 목덜미를 붙들린 채 고통으로 몸부림친다.

소년은 암고양이를 산 채로 들고 밭 사이를 가로지른다. 소녀는 종종걸음으로 뒤를 따른다.

"단물샘으로 가?"

소녀는 상처를 긁적인다. 손톱 밑에 피딱지가 엉긴다.

"왜?"

소년은 대답하는 대신 단물샘에 도착하자마자 암고양이를 집어던진다. 우물 벽에 세게 부딪친 다음 물에 빠진 암고양이는 기겁을 하며 뛰어오른다. 소녀는 순간, 암고양이가 날았다, 고 생각한다. 하지만 암고양이는 벽을 반쯤 기어오르다 도로 떨어진다.

뛰어올라 벽을 타다 떨어지고, 또 떨어지기를 쉬지 않고 반복한다. 소녀는 욕지기를 느끼고 가슴을 친다. 그러느라 소년의 말을 얼른 알아듣지 못한다.

"갓난애를 죽였어."

소녀는 결국 토하고 만다

"그래서 고양이 무덤을 만들었어."

*

소녀는 꽤 오래 앓았다. 열이 올랐다 내리기를 반복하는 동안 소녀는 자꾸 헛소리를 했다. 신열이라고, 얼른 굿을 하라고, 고모는 채근했다. 어머니는 딱지가 기다랗게 앉은 소녀의 팔다리를 물수건으로 닦으며 연신 미안하다고 했다. 소녀는 꿈을 꾸었다. 합판 더미 꼭대기에서 떨어졌다. 한참 추락하다 바닥이 없다는 것을 깨닫고 소스라치자 밑에서부터 고양이들이 나타났다. 반쯤 썩은 노랑이, 머리가 깨진 새끼들, 너덜너덜한 얼룩이…… 이상하게 생긴 녀석이 하나 있어 자세히 들여다보니 통통한 갓난아기였다. 고양이들과 아기는 하나같이 오줌에 푹 젖은 채 손에 손을 잡고 춤을 추었다. 춤추며 무너진 담장을 올라 명아주와 질경이가 무성한 지붕에 이르렀다. 지붕마루를 겅중겅중 뛰어다니다가 하나씩 뛰어내려 우물에 빠졌다. 마지막으로 아기가 뛰어내렸는데, 아기가 빠진 우물은 여자의 음부였다. 여자는 가랑이를 활짝 벌리고 검고 축축한 음부로 기어들어오는 아기를 내려다보았다.

병은 갑자기 나았다. 소녀는 발그레하고 말간 얼굴로 부엌으로 갔다. 어머니는 깜짝 놀라며 소녀를 껴안아보고, 팔다리를 어루만졌다. 팔다리는 어느새 다시 삶은 달걀처럼 희고 매끈매끈했다. 배고파, 소녀는 말했다.

"오므라이스 해줘."

어머니는 커다랗고 푹신푹신한 오므라이스를 만들었다. 소녀는 땀까지 흘리며 오므라이스 한 접시를 깨끗이 먹어치웠다. 그러고도 김과 멸치조림만으로 밥 한 공기를 더 비웠고, 핫케이크를 해달라고 해서 다섯 장이나 꾸역꾸역 삼킨 다음 우유 한 잔까지 들이켜고서야 만족했다.

여자는 세 번째로 우물에 빠졌고 이번에는 익사했다. 구조요원들이 여자를 건질 때 고모는 가족으로 의심될 만큼 울었다. 고양이 시체까지 달려 올라오자 거의 실신했다. 이 우물이 어떤 우물이라고, 고모는 땅을 치며 오열했다. 여자는 살해당한 것 같았다. 알몸인 데다 성폭행을 당한 흔적이 역력했기 때문이다. 여자의 몸에 칠해진 빨간색과 파란색 락커 때문에 빈집을 털고 다니는 고등학생들이 의심을 받았다. 완강히 혐의를 부인하던 그들은 결국 강간 사실은 인정했다. 하지만 정말로 죽이지는 않았다, 고 했다. 고등학생들이 체포되던 날 마을에는 이상한 것이 뿌려졌다. 그것은 얼핏 단순한 오물 같았고, 자세히 들여다보면 아기 시체처럼 보였다. 그러나 꼬리가 달려 있어 고양이인 것을 알 수 있었다. 더러 꼬리가 짧거나 없는 것도 있었지만, 그런 고양이야 흔했으므로, 다들 크게 신경 쓰지 않았다.

곳곳에서 악취가 풍기는 마을을 소녀는 가로지른다. 어차피 토사에 묻힐 것이므로 아무도 썩은 고양이 시체를 치우지 않았다. 시체들은 악취를 뿜으며 맹렬한 햇볕 아래 말라간다. 어떤 것은 벌써 화석처럼 보인다. 그것은 괴로운 표정을 짓고 있다. 소녀는 원, 투, 쓰리, 원, 투, 쓰리, 스텝을 밟아 단물샘까지 간다. 우물에는 가라앉은 것도 뜬 것도 없다. 소녀의 얼굴조차 비치지 않는다. 그것이 이상해 좀 더 몸을 기울이다가, 소녀는 우물에 빠진다. 아니, 뒤로 나자빠진다. 팔다리가 제멋대로 우쭐거리며 바닥을 때린다. 소녀는 사방에 귀를 세운다. 할머니의 것인지, 단물샘 할미의 것인지, 혹은 여자의 것인지, 쉰 목소리가 들려온다. 마지막 발작이다.

류현주 2014년 중앙대학교 문예창작학과 졸업.

호스트 사이클

박세현

§

아주 잘 아는 사람 얘기를 하고 있는데, 이름이 떠오르지 않아서 답답한 기분을 느껴본 적 있어? 그걸 설명하고 싶은데, 결정적으로 그걸 뭐라고 불러야 할지 떠오르지 않는 기분. 난 그 기분을 계속 달고 다녔어. 그러다가 방금 딱 떠올랐어.

그 여자는 메디나충이어야만 한다, 그렇게 말이야.

그냥 보통의 다른 질병이라고 하면 곤란해. 감기처럼 콧물 나고 힘이 좀 없고 그런 정도가 아니라, 완전히 다른 사람이 되어버리는 종류여야만 해. 그래서 메디나충이 안성맞춤이지.

메디나충이라고 안 들어봤어?

그 기다란 기생충은 감염된 호스트(숙주)를 완전히 제어해버린

대. 운전대 대신에 통증으로 조종하는 거지. 호스트의 몸에서 성충이 된 메디나충은 호스트의 발을 매우 뜨겁다고 느끼게 만드는 거야. 발을 어서 물에 담그고 싶다는 느낌이 들도록 말이야. 그러면 인간은 물에 발을 담그지 않을 수 없대. 그것은 모두 메디나충이 유충을 물에 풀어놓기 위한 전략이라는 것을 알고 있다고 해도 말이야. 이런 일에 우리 몸은 무력해. 허파에 하루살이가 잘못 들어가서 죽으면, 그게 폐렴으로 번진다는 것을 알고 있어? 그것도 같은 이치야. 의학도 속수무책이지. 약으로 메디나충을 죽일 수는 있지만, 죽은 것이 몸속에서 썩기 시작하면 그 부위를 잘라내야 하는 거지. 그래서 아직도 최고의 치료법은 기다리는 거래. 기생충이 준비가 되었다는 신호를 줄 때까지 우리는 기다리는 수밖에 없어.

"난 이제 준비가 되었거든. 이제 넌 필요 없으니까, 물가로 가서 발을 담가."

이렇게 말한다고 해도, 우리는 어쩔 수 없어. 오히려 우리는 그 신호(통증)를 해결해주고 싶어서 안절부절못하게 되는 거야. 물에 열이 나는 부위를 담그기만 해도 그 열기는 순식간에 사라지는 걸. 그 순간 분노보다 기쁨을 느끼는 사람들이 더 많다고 해.

발이 물이 닿았다는 걸 느끼면, 메디나충은 살을 뚫고 나와서 유충들을 물에 퍼트려. 치료는 그때 딱 한 번, 한 가지 방법밖에는 없어. 일단 대가리를 딱 잡아야 돼. 그리고 천천히, 아주 천천히 메디나충을 대가리부터 나무막대에 감으면서 몸에서 뽑아내는 거야. 아주 오랜 시간이 걸린대. 짧게는 3일 길게는 일주일도 넘는 시간 동안 조금씩 그 기다란 몸뚱이를 뽑아내는 거야. 근데 서두르다가 끊어지게 되면, 거기서 또 끝장이야. 그러면 메디나충이 몸속에서 죽어버릴 테고, 마찬가지로 인간도 죽어버리게 되는 거지. 그것을 뽑아내는 동안에는 그 나뭇가지를 소중하게 대롱대롱 달고 다녀야 돼. 완전히 뽑아낼 때까지 몸에 대롱대롱하는 거야. 이해해?

근데 더 끔찍한 게 뭔지 알아야 해. 이것은 다른 끔찍한 병들이 갖는, '면역'이란 게 없다는 거야. 한번 겪고 나아도 언제든지 유충이 들어 있는 물을 잘못 마시면, 또 그 뜨거웠다 차가웠다 하는 여정을 함께하고는 나무막대를 대롱대롱 달고 다녀야 한다는 거지. 다시 대롱대롱하는 걸 생각해봐. 우리는 똑같은 이유로 생긴 같은 고통을, 다른 부위에서 느끼게 되는 거야. 처음보다 덜 아프다거나 하는 일은 없어. 통증의 정도는 어디까지나 메디나충의 취향에 달려 있어. 그것이 간에 가고 싶은지, 콩팥에 가고 싶은지 하는 취향. 통증은 그것이 통과하는 곳에 통증을 느끼는 세포가 얼마나 있는지 하고만 연관이 있어. 하지만 걱정할 건 없어, 우리가 사는 곳에서 멀리 여행하지 않으면 상관없는 일이야. 이를테면 아프리카 같은 곳.

그렇지만 왠지 나는 다리에 나무막대기를 대롱대롱 매달고 있는 기분이 들거든.

그 여자는 확실히 메디나충 같았어. 나한테 이런 병을 옮긴 것은 그 여자 말고는 생각할 수 없어. 언제 어떻게 만나게 되었는지는 말할 수 없어. 매일 물을 마셔야 했고, 어느 사이에 메디나충처럼 그 여자가 자리를 잡아버린 거지. 어느 순간이라고 말할 수 없는 일이야.

말하자면, 그래 우린 사귀었어.

∮

나오려면 아직 멀었죠? 조금 전에 아르바이트 회의에 갔다가 영화표 두 장을 받아왔거든요. 그리고 동거하는 여자한테서 이 종이도 협찬 받았고요.

꼭 한 달째 되네요. 붙이려고 꺼내둔 우표의 솔부엉이가 고개를 끄덕거려요.

2~3일 간격이에요. 4월 12일 소인이 찍힌 것까지 받았어요.

나쁘지 않은 거리예요. 휴대전화가 생기고 나서는 거리가 멀어져서 연락이 닿지 않는 일은 없으니까. 다시 집으로 전화하던 때로 돌아간 것 같아요. 반드시 다른 사람의 손을 거쳐야만 연결될 수 있던 때로. 누가 볼 수도 있다는 것은 생각하지 않던 것까지 생각하게 해요. 편지의 내용까지는 확인할 수 없을 테지만, (설마 군대에서는 내용도 검사를 하나요?) 편지 봉투의 글씨체나 우표의 취향으로 저를 가늠하지는 않을까 하는 걱정 말이에요.

"여보세요. 저 누구 여자 친구인데요. 누구 집에 있나요?"

부모님들은 이랬을까요? 친구쯤에서 얼버무려버렸을까요?

그래도 좋아해요. 무슨 얘길 하든, 언제 오든, 항상 기쁜 마음이에요. 나도 모르게 비밀번호를 누르고 나서 우편함을 확인하게 돼요. 250원과 종이, 연필만 있으면 닿을 수 있는 이야기들이 참 다행이에요.

그런데 군대에 있는 사람이 전혀 힘들어 보이지 않아요.

§

그 여자의 어떤 부분부터 말하는 게 좋을까. 일단, 그 여자는 음대에서 작곡을 전공했어. 그리고 손이 작았어. 그래, 문제는 거기서 시작되었어.

작곡을 하려면 악기를 다뤄야 하는데 손이 작으니까 매번 뭔가 뜻대로 안 되는 거지. 작곡을 하려면 피아노가 가장 편리한 도구일 텐데, 피아노를 치는 데 제약이 많았어. 한꺼번에 여러 음을 눌러보고 싶은데 그게 안 되는 거야. 그리고 건반 사이를 오가는 손도 남들보다 더 바쁘게 움직여야 하는 거야. 그래서 그런지 그 여자는 항상 바빴어.

키도 작았어. 그러니 보폭도 좁아. 좁은 보폭으로 여기저기를 걸어다니면서 이것저것을 생각하는 거지. 최대한 적게 걸어다니는 방법이라든가 어느 순서로 일을 처리하면 가장 효율적일까 그런 것들을 말이야. 그 여자는 기숙사에서 나올 때 하루에 해야 할 일들을 모두 한꺼번에 챙겨 나왔어. 수업에 사용할 악보와 노트 그리고 노트북, 아르바이트용 티셔츠, 식사 후에 사용할 칫솔과 화장품 파우치를 들고 여러 장소를 옮겨다니는 거지. 손이 작으니까 키도 작거든. 그 여자는 그 많은 짐을 매일 어깨에 걸치고 걸어다녔어. 매일 아침 긴 여행을 떠나듯이 방을 떠나는 거야. 그래서 방을 떠날 때에는 상당한 준비가 필요했어. 그러면 좀 더 빠르게 걷는 방법도 있을 텐데, 하고 말해주고 싶었지만 그럴 수 없었어. 나는 항상 그 여자의 눈치를 봐야 했거든. 눈치를 봐야 하는 사람이 누구에게 조언을 해주다니, 용기를 내서 한다고 한들 그따위의 사람의 말을 제대로 들어줄 리가 없지 않겠어? 눈치를 보다 보니 조금 알 것도 같았어. 그 여자가 가지고 있는 짐이 많으면 바쁜 거고, 적으면 바쁘지 않다는 걸. 그것만 조심하면 됐어. 들쭉날쭉한 그 여자의 기분을 파악하는 데에도 도움이 되었기 때문에, 짐을 적게 들고 다니라는 말은 더더욱 하지 않게 되었어.

시간이 넉넉해서 나와 만날 때에도 항상 무엇을 할 것인지 미리 알려줘야 했어.

"근데 저 오늘 기숙사에 돌아옵니까? 잠깐 보는 건가요?"

그것도 아주 빨리 알려줘야 했어.

"이봐요. 저 지금 코트를 입어야 될지 자켓을 입어야 될지 고민 중이라구요."

그래도 이렇게 말할 때는 기분이 좋은 때였어. 그 여자는 기다리는 것을 싫어했거든. 나와 만나기로 한 장소에 내가 미리 나타나지 않으면 일단 문자가 와. 거의 다 왔다고 하면 전화를 걸지. 그리고 내가 눈앞에 딱 나타날 때까지 전화를 끊지 않아. 만나는 장소라고 해봐야 학교 안에서 만나서 어디를 가는 식이라, 어느 쪽에서 출발해도 10분도 채 걸리지 않는 고만고만한 장소였거든. 그런데도 전화기를 귀에 대고 눈앞에 딱 나타날 때까지 끊지 않아. 별말도 없이 말이야. 양쪽 귀에서 들리는 소음이 같아질 때까지 전화기를 들고 있는 거야.

"지금 건나요?"

그 여자가 그렇게 말하면 나는 뛰어야 되는 거야.

∮

다시 목도리를 하고 중무장 상태로 학교에 다녀요. 이건 마치 러시아의 4월을 보는 것 같네요. 어느 지역엔 눈도 왔다니까요. 감기 걸리지 않게 조심해요.

오늘은 대타로 '오픈'을 했어요. 9시 출근이었죠. 사람이 북적대지 않아서 좋았어요. 정말 왜 다들 '오픈'하려고 하는지 이제 알 거 같아요.

아, 사장님과 갈등이 있었어요. 그보다 신경전 같은 것이었어요. 네 명의 일행이 모두 원두커피(당신이 온천물 맛이 난다고 평했던)를 주문해서 사장님이 '커피 더 드시고 싶으면 애니띵'을 약속하셨거든요. 제가 서빙을 나가서 그대로 전달했고요. 하지만 막상 손님이 G1을 더 드시고 싶다고 말하자 아메리카노나 에스프레소를 드리겠다고 하시는 거예요. 그래서 제가 "아, 이분은 아까 사장님께서 뭐든지 말씀하라고 했던 손님입니다."라고 했으나 에스프레소로 관철되어버린 거예요. 사장님은 손님에게 "아, G1은 가격이……."라고 하면서 아까의 약속을 잊으셨어요. 이러니 나의 입장은 곤란하고, 손님에게는 미안하고, 사장님이 밉고, 그런 사장님 가게에서 일한다는 것이 불쾌했어요. 사장님에게 태클을 걸어서 나의 안위를 걱정해야 할 때였을지도 모르지만, 글쎄요. 저는 불이행할 약속을 전달했던 것이 미안하고 또 미안해서 어쩔 줄 몰라 하며 리필 에스프레소를 서빙 했어요.

6시에 커피플라워에서 나온 후 예술관에 왔어요. 걸어가는 동안 노을이 참 예뻐서, 그대로 집에 가고 싶은 마음을 겨우 참을 수 있었어요. 과제도 하고 곡도 쓰려고요. 한참 곡만 쓰다가 11시 반이 되었어요. 밖은 컴컴하고 연습실에는 어느덧 저 혼자였어요. 무서운데 배터리도 없어서 전화도 못하는 거예요. 심장은 쿵쾅거리고요. 집에는 가야 될 거 아니에요. 곡도 원하는 대로 안 풀리고 과제는 짐만 되었는데, 너무 늦어서 완성한 것 하나 없이 집에 가야 했어요. 그런데 나가는 것도 쉽지 않았어요. 전에는 아무리 늦어도 예술관 바로 앞 기숙사로 쏙 들어가버리면 되었는데, 이제 거기엔 제 방이 없잖아요. 다른 곳으로 이사를 했으니까 당연한 건데, 저도 제가 왜 이러는지 모르겠어요.

우선 예술관에서 빠져나오면서 사람이 튀어나올까 봐 걱정하면서 하나, 밖에 무사히 나왔는데 너무 추워서 둘, 집에 가는 길에 짐이 너무 무거워서 셋, 안 풀리는 곡을 생각하며 넷, 즐거운 주말을 보내는 무리들을 지나며 다섯. 주저앉아 펑펑 울거나 저 다리 밑으로 가라앉아버리고 싶었어요. 더 이상 아무것도 하기 싫은 거대한 우울이 덮쳤어요. 좋아하는 브람스와 드보르자크를 틀어 둬도, 자괴감에 빠져 나아지는 게 없어요.

날 여기서 빠져나오게 해줘요. 당신이라면 혼자라도 나를 얼마든지 지지해줄 것 같다는 생각이 들었어요. 어서 나와요. 그리고 소주에 삼겹살 먹으러 가요.

§

그 여자는 옷에 대한 주관이 아주 뚜렷했어. 무더운 여름을 제외하고는 코트를 입었어. 찬 바람이 얼굴을 할퀸다 싶게 추운 겨울에도 패딩이나 파카 같은 것은 절대 입지 않았어. 바람을 완벽하게 차단해주는 매끈매끈한 패딩, 그게 얼마나 따뜻한데. 그게 바로 과학의 혜택이거든. 게다가 저렴하기까지 한걸. 그 여자는 노스페이스 바람막이 같은 것은 거의 혐오했거든. 대신 코트를 즐겨 입었어. 많지는 않고 두세 벌 정도였는데, 자주 세탁소에서 그것을 맡기고 찾곤 했어. 그래서 코트에서는 항상 시원한 기름 냄새가 났어. 나는 그런 냄새를 좋아하거든. 왜, 주유소의 휘발유 냄새 같은 거나 나프탈렌 냄새 같은 거. 기생충이 많으면 그런 냄새가 좋아진다고 하던데, 정말 그건 말이 되는 이야기야. 그중에도 허리 뒤춤에 두 개의 단순한 주름이 있는 캐러멜색 코트를 좋아했어. 그리고 그 안에 뭔가 잔뜩 입었어.

근데 그 여자는 옷을 걸치는 방식뿐 아니라, 벗기는 방식에도 까다로웠어. 알다시피, 옷을 벗겨야 할 때가 있잖아. 그러면 그걸 빨리 벗는 편이 좋지 않겠어. 어차피 다시 입을 건데. 그 여자는 옷을 한꺼번에 벗겨도 난리를 피웠어. 세 겹의 옷을 한꺼번에 벗겼다고, 나한테 자신을 뭐로 보느냐고 묻는 거야. 옷을 한꺼번에 벗겼다고 뭐로 보느냐니. 어이가 없지 않겠어? 장난도 정도껏 쳐야지.

"옷끼리 붙어 있어서 훌러덩 벗겨지던걸. 그럼 다시 입어봐. 하나씩 벗길게."

내가 무슨 다른 말을 할 수 있었겠어. 여자는 뺨을 때리고 집으로 가버렸어. 정말 뺨을 맞는 것은 소설이나 드라마에서나 나오는 일인 줄 알았어.

지금 생각해보면 내 말하는 방식이 너무 직설적이었어. 그렇지만 그 여자는 너무 우회적이었어. 쉽게 할 수 있는 말도 아리송하게 했어. 일부러 그러나 싶을 정도였지. 그렇지만 나는 최대한 이해하려고 노력했어. 왜, 예술을 하는 사람은 또라이가 많다고들 하잖아. 또라이까지는 아니더라도, 감수성이 대단하다 정도? 일단 여자이기도 하고 말이야.

그래도 밥 한번 먹는 것도 어려웠어. "밥 먹었니?"라고 물으면 이렇게 대답한다고 생각해봐.

"오후 동안 커피 일곱 잔을 마시고, 굴을 삶아서 죽였어요. 먹지는 않았어요."

"배가 안 고프다는 말이야?"

"신경이 날카롭다는 말이에요."

이쯤 되면 내가 한국어로 이야기하고 있는 게 맞나 싶은 생각까지 든다구. 여자는 다 이래? 웃을 일이 아니야. 남 일이라고 생각해서 그런가 본데, 당사자 입장을 생각해봐야지.

나도 어릴 적에 도서관에도 자주 가서 전혀 감수성이 없는 사람이 아니야. 책 보면서 눈물을 흘린 적도 있어. 『나의 라임 오렌지나무』, 오렌지나무 뽀르뚜가 나오는 이야기 말이야. 그거 읽고 도서관에서 눈물 흘리고 그런 일도 있어. 그러니까, 나도 어느 정도는, 그러니까, 밥을 안 먹었는데 배는 안 고프다 정도는 이해할 수 있거든. 근데 그 여자는 그런 말을 전혀 할 수 없는 사람처럼 행동했어. 화장실, 돈, 가족, 그리고 그와 비슷한 단어도 절대 입에 담지 않았는데, 그런 걸 말하면 자신의 수준이 떨어진다고 생각하는 것처럼 보이기까지 했어. 쉽게 할 수 있는 일을 일부러 빙빙대는 거야. 그러면 자기만 힘들다는 걸 왜 모르는지 이해할 수 없었어. 매일 바보같이 짐을 잔뜩 들고 무겁게 다니는 모습도 마찬가지였어.

ℊ

이봐요. 아무리 내가 공부한다고 해도 그렇지 다음 날까지 전화를 안 하면 어떡해요! 왜 안 보고 싶겠어요. 안 그래도 도서관에 있으면 어디선가 부스럭거리면서 나타날 것만 같은데. 바보같이 웃는 얼굴도 보고 싶고, 좋아하는 커피도 한잔하고 싶은데. 목소리도 내 맘대로 못 듣고 괜히 공부한다고 그랬어요.

편지 안 써서 많이 화난 거예요?

나 같아도 많이 섭섭했을 것 같아요. 근데 이걸 미안하게 생각하면서도 어서 써야지 하는 마음을 가질 여유가 없었어요. 생각하는 것보다 많아요, 할 일이. 생각이 많으면 그걸 없애려고 일만 하는 경우가 있잖아요. 나는 일만 하다 보니, 다른 생각을 할 수 없게 된 거였어요. 이해해주지 않아도 괜찮아요.

노트북으로 「그해 여름」을 보고 있어요. 이병헌과 수애가 나오는 영화인데, 전에 본 적이 있지만 다시 찾아보게 되었어요. 이상하죠. 같이 봤다면 이렇게 슬프지 않았을까요? 혼자 영화 보는 게 갑자기 어색해요. 이 영화 봤어요? 안 봤으면 나중에 같이 봐요.

그렇게 울다가 웃다가 정신없이 밥을 먹었을 때에도, 울다가 잠이 들었을 때에도, 당신을 볼 수 있어서 괜찮았는데. 정말 남 앞에서 안 운다니까요. 대신, 뒤에서 울기 시작하면 멈추기가 쉽지 않아요. 아, 이런 젠장. 또 다시 눈에 있는 밸브가 열렸어요. 알 것 같죠? 눈앞에 있다면 얘가 어떤 꼴일지.

눈 씻으러 들어간 화장실에서 웃는 달을 만났어요. 문득 위에 있는 창문을 봤는데, 살짝 열린 틈으로, 그것도 방충망에 걸린 초승달. 어떤 게 맞아요? 초생달과 초승달?

눈이 졸려요. 2시가 되었거든요. 시계를 확인하고 보니 아까 시간이 몇 시였는지 확신할 수가 없어요. 바늘이 두 번쯤 돌았는데, 그렇다면 난 아까 시계를 잘못 본 건가 봐요.

잠시 눈을 감았을 것 같고, 제가 누구와 통화를 한 것 같네요. 당신이었나요? 제가 무슨 말을 하던가요? 또 짜증을 내진 않았죠? 정작 전화로는 무슨 말을 했는지 기억도 나지 않아요. 그래도 무척 기뻤다고 말하고 싶었어요.

난 엄마가 좋아요, 세상에서 제일. 내가 기댈 수 있는 유일한 사람이거든요. 공부도 힘들고 사람들 속에서 지치고 그래도 아무렇지 않게 잘 있는 것처럼 보여야 하는데, 엄마는 그 속을 다 아니까. 아니다, 조금은 알고 있는 사람이니까. 그래서 위안이 돼요. 혼자서 다 해내려고, 막 잘하려고 애쓰는데 그걸 알고 있는 사람도, 알아도 정작 마음 편하게 해줄 사람은 없어요. 당신도 지금은.

"어려운 일 있으면 도와달라고 해, 왜 혼자 다 하려고 해?"

언젠가 당신이 나한테 그랬잖아요. 그때 얼마나 가슴이 내려앉았었는지 모르죠? 그렇게 말했던 사람이 어떻게 "너 또 남자랑 술 마셨어?" 같은 말을 할 수 있어요.

이번엔 그냥 넘어가지 않을 거예요. 분명히 모를 테니까 미리 말해줄게요. 마인드 맵 알죠? 저는 당신의 말을 듣고 이렇게 생각해요. 일단 '또'라는 말이 권총에서 발사된 탄환처럼 머리에 꽂혀요. 그리고 이 사람을 남자로 봐야 하나. 맥주를 술이라고 하나. 친목 도모를 왜 당신은 퇴폐로 보나. 남자는 좋지 않은가. 그럼 당신은?

거기에다가 몇 개의 우울한 기억이 더해져서 환상적으로 잠 못 이룰 밤을 만들었어요. 이제 와서 말하지만 저의 감정은 지속시간이 길거든요.

그래서 내 말은, 혼자서도 힘들어 죽겠는데 도와주지는 못할망정 왜 합세해서 날 더 힘들게 하느냐고요! 여긴, 아무도 도와줄 사람 없다고, 알아요?

이러면 나중에 전화해서 "너 왜 여운 남겨, 죽을래?" 하겠지.

§

응, 헤어지긴 헤어졌지. 그런데 헤어지자고 한 쪽은 내 쪽이야.

글쎄, 그제야 정신을 차린 것도 아니고, 마지막이라도 우위를 점하려고 했던 것도 아니야.

시기적으로는 그것은 그 여자가 자기를 이해해달라고 한 후였어. 자기는 동기들보다 몇 년이나 늦다, 다른 것을 배우다가 이곳에 왔기 때문이다, 게다가 기초가 없기 때문에 남들보다 시간이 두세 배로 걸린다, 나는 음악을 너무 배우고 싶어서 이곳에 왔기 때문에 당신이 이해해주면 안 되겠냐고, 그런 얘기였어. 나도 그 말을 들으니까 눈물이 났어. 처음 한 줄기의 눈물은 분명히 미안함이었는데, 그다음부터는 그게 아니었어. 뭔가 복잡한 기분이었어. 그렇게 이해하기 쉽고 단순한 말을 해주길 오랫동안 바라고 있었는데, 막상 들으니까 내가 절대로 들어서는 안 되는 말 같더라고. 그사이에 나도 그 아리송한 퀴즈 푸는 데에 재미 들였던 것도 같고, 아니면 그 말을 들어버렸으니 이제는 투덜대지 않고 그 무게를 함께 짊어져야 할 것 같아서 무서웠나. 사실 그보다, 나는 그냥 시간이 온 거라고 생각해. 얌전하게 구워지던 한 쌍의 식빵이 시간에 맞춰 튀어나오는 것처럼. 제각각이라 하나는 바닥으로 추락했지만.

내가 그 여자를 메디나충으로 말한대도, 그녀가 내게서 가져간 것은 없어. 오히려 적절하지 않은 호스트를 만나서 여러 어려움을 직면했을 거야. 이러니저러니 해도 나는 좋은 사람이 못 되거든.

지금 그 여자는 다른 모습으로 존재할 테지만, 나를 생각하는 일은 없을 거야. 남은 일을 생각하는 일은 호스트 혼자서 해야 할 일이야. 이 모든 일은 지난 일, 끝난 일이지만 나의 입장에선 그럴 수 없어. 나는 아직 나뭇가지에 그것이 끊어지지 않게 감아내고 있는 거니까. 곧 끝나겠군 하고 생각만 할 뿐, 채워져 있던 공간이 빠져나가면서 생기는 공백을 느끼는 것밖에 못해. 그 여자가 채우고 있던 얇고 긴 모양의 공백 말이야.

그리고 이제는 거의 끝나간다는 것을 알 수 있어.

완전히 빠져나오면, 피부에 생긴 조그만 구멍에는 딱지가 앉을 테고, 공백도 내 살들이 채울 거야. 공백을 채운 살이 온전히 내 것이라고는 할 수 없고, 모양도 그전과 같지는 않겠지만, 그래도 그 과정이 끝나면 다시 다른 이야기나 다른 일을 할 수 있을 거라고 생각해.

∮

우리는 남들이 말하는 '사랑', 했을까요?

그렇겠죠. 같이 있으면 행복한 기분이 드니까. 하지만 그 말을 꺼내기가 어색한 이유는, 확신이 없어서였을까요? 그렇지만 오히려 말하고 난 후에 이상해지는 기분은 무슨 까닭일까요. '밥 먹자'라고 말할 때 '우리, 밥 먹자'라고 하지 않아도 우리가 밥을 먹을 것이라는 걸 알고 있는 것처럼, 우리가 숨쉬기를 의식적으로 하지 않는 것처럼, 당신에게 사랑한다고 말할 때의 기분은 바로 그런 것일까요. 하지만 말하지 않고는 참을 수 없게 되는 때가 있어요, 재채기처럼.

3시예요. 잠들어 있을 당신은 아직도 즐겁게 코를 골까요? 당신이 잠들었는지 자는 척하는지 구분할 수 있는 한 가지 방법, 코의 노래를 들어요.

아, 약 오르네요. 각오해요. 잊지 않아요. 우리가 걸었던 길들도, 나를 떠보는 당신의 말에 넘어가주던 많은 이야기도, 힐 때문에 아니면 술 때문에 비틀거리며 기대볼 날들도, 그렇게나 유쾌했던 우리의 마음도.

박세현 2015년 중앙대학교 공연영상창작학부 문예창작 전공 졸업.

검은 지갑

윤가람

처음에 그것은 그저 도랑에 빠진 검은 가죽지갑이었다. 마치 퍼넉거리는 물고기의 비늘처럼 연한 광택을 띤 지갑. 그리고 그 지갑을 부득부득 주운 것은 분명 나였다.

쏘일 거야.

어깨가 따끔하다. 네가 손톱으로 살짝 꼬집었기 때문이다. 지갑에서 눈을 떼지 못하는 내게 네가 손으로 말하고 있다. 노란 햇볕이 머리 위를 쪼아댄다. 나는 너의 말을 무시하고 지갑을 향해 몸을 굽힌다. 부웅, 머릿속으로 파고드는 불길한 날갯짓 소리가 들려온다. 도랑으로 숙인 몸을 쳐들다 도랑과 맞닿아 있는 이층집의 돌담 사이로부터 날개를 가진 무언가가 웅웅대는 것을 느낀다. 쏘일 거란 게 이걸 말한 거구나. 나는 순간적으로 네가 얄미워진다.

좀 더 정확하게 말해줬으면 좋았잖아.

지갑을 챙기고 소리가 나는 쪽을 주시한다. 어두운 돌 틈에서 새카맣게 무리 지은 날개 달린 것들이 곧 튀어나올 것 같은 공포에 몸을 세게 젖힌다. 나는 내 기세에 엉덩방아를 찧는다. 엉덩이를 툭툭 털며 일어난다. 나는 지갑을 연다. 지갑 안은 주인을 알릴 신분증도, 메모도, 사진도 없다. 모조리 물에 씻겨 내려간 듯 깨끗하다. 물론 지폐라고는 한 장도 없다. 누군가가 의도적으로 버렸거나, 지갑이 필요 없어진 사람이 주인이었을 것이다. 나는 누군가가 버린 것을 갖는 것이 부끄럽지 않다. 이 지갑은 이제부터 내 것이다. 까만 가죽이 물에 젖어 축축하지만 말리면 쓸 만해질 것이다.

너는 마땅치 않은 눈으로 나를 바라본다.

버리는 게 낫겠어. 넌 지갑이 필요하지도 않잖아. 누가 흘린 건지도 모르고. 그런 건 제자리에 두는 게 제일 좋다고 하던데.

이건 누가 버린 거나 마찬가지야.

네 말에 나는 발끈한다. 나는 이 지갑이 아까보다 더 갖고 싶어진다.

여긴 돈도 들어 있지 않잖아. 들고 가면 누군가 쓸데가 있겠지. 네가 가져가고 싶다면 그래도 좋아.

난 문젯거리는 가지고 싶지 않아. 그러니 네가 그걸 주웠을 때 나는 보지 않았던 거야. 약속해.

냉정한 너의 말투에 나는 조금 뿔이 나기도 하고 힘이 빠지기도 한다.

약속할게.

나는 말로써 너를 돕지 않을 거야. 그건 내가 할 수 없는 일이니까.

너는 열심히 손짓한다. 네가 빠르게 말하면 네 손은 춤을 춘다. 네 손은 허공을 재단하여 단어를 뽑아낸다. 그럴 때 너는 밤이 시작되기 전에 거미줄을 쳐대는 바쁜 거미 같다. 그렇게 들리는 너의 단어는 거미줄처럼 끈끈하고 팽팽하지만 사라지기 쉽다. 누구도 너의 목소리를 들을 수 없다. 너는 손짓으로만 말한다. 수화(手話), 너는 말한다. 돕지 못하는 것이 아니라 돕지 않을 것이라고. 그렇게 말하는, 말할 수 없는 너는 아름답다. 그러나 문득 가슴에서 치솟는 이 감정은 단지 너의 아름다움 때문만은 아니다. 내가 내 편을 들어주길 바라는 순간에도 너는 단지 너를 위한 얇고 허무한 방어막을 만들고 있다. 지갑 속을 열어 내장을 꺼내보고, 내장을 나눠 먹는 관계를 원하는 나는 너에게 못된 말을 떠들고 싶은 충동을 느낀다. 그러나 나는 고작 내 메마른 입술을 피가 나도록 쫙쫙 벌려 찢는다. 졸졸졸, 겨우 도랑에서도 물은 쉬지 않고 흐른다. 나는 매몰차게 도랑에서 시선을 거둔다.

마을엔 아이가 적었다. 항상 그랬다. 변하지도 않았다. 나는 가끔 내가 얼마만큼 자랐는지 누군가에게 물어보고 싶었으나, 어른들은 항상 바쁜 존재였다. 손을 쉬지 않고 입을 쉬지 않았으나 그 눈이 향해 있는 곳은 아이가 아니었다. 시기를 놓치지 말고 심어야 할 모종과 거두어야 할 수확물들. 똥오줌을 가리는 아이는 그보다 조금 더 밑의 존재다. 시골에서는 스스로 놀이를 찾아야 한다. 그렇지 않으면 썩어가는 퇴비보다도 더 지루해질 것이다.

동네에서 동갑내기라고는 우리 둘뿐이다. 그러나 여느 아이들처럼 짹짹거리는 높은 목소리로 떠들어댄 적은 없었다. 너와의 시간엔 의도치 않은 침묵이 하루 종일 따라다녔고, 그것이 다른 어떤 놀이보다 나를 지치게 할 때도 있었다. 너는 태어날 때부터 벙어리였다. 아주 미약하게 청각이 남아 있어서, 개가 가득한 우리 집에 놀러 올 때면 소리도 나오지 않는 입을 크게 벌리며 무서워했다. 우리 집 바로 옆에 커다란 펜스를 치고 개를 풀어 키웠다. 큰 개들은 저보다 작은 아이들을 몹시 깔봐서 드나들 때마다 철컹! 펜스에 올라타 놀래켰다. 네가 기절할 듯 놀라 현관문을 열고 뛰어 들어오면, 아버지는 사내자식이 겁이 많아 사윗감으로는 안 되겠다며 히죽 웃었다. 역시 아버지는 뭐든 접붙일 생각을 하나보다. 우리 집은 개를 접붙여 식용이나 약용으로 키워 돈을 벌었다. 우리 집에서 큰 개들은 대개는 넉살좋은 얼굴에 튼튼하고 덩치가 좋았다. 나는 네가 목소리나 청각보다는 냄새를 잃기를 바랐다. 집에서는 항상 불쾌한 냄새가 나기 때문이다.

나는 항상 밖으로 돈다. 개밥 주는 일을 도와주기 전까지만 돌아오면 문제 될 것이 없어 괜찮다. 일을 할 나이가 지난 노인들은 우리 둘이 손을 잡고 알짱거리면 어이구, 배고픈 다람쥐가 여기

있었네, 하며 우리를 부른다. 햇볕에 탄 팔다리와 수세미처럼 빳빳한 머리칼이 수시망티 된 꼴을 보자면 다람쥐보단 청설모에 가까웠지만 노인들은 다람쥐야, 다람쥐야, 잘도 불러들인다. 그들의 앞마루로, 정자 밑으로, 혹은 막 무언가를 만들고 있는 부엌으로. 노인들에게 우리는 그저 살아 있는 어리고 건강한 아기동물 같은 느낌인 것이다. 그들은 생각나는 대로 우리를 불러댄다. 우리는 어떤 때는 나비다. 나비야아, 나비야. 이리 온. 우리가 무엇을 하며 노는지 그들도 관심이 없는 것처럼 우리도 어떻게 불리든 상관없다. 노인들은 철로 된 낡은 과자 통에 담겨 있거나, 주머니의 이곳저곳에서 나온 사탕 따위를 나눠준다. 그들이 줄 수 있는 것이라는 고작 그 정도지만, 슈퍼라 할 마땅한 것이 없는 마을에서는 제법 먹을 만한 것이다. 너무 심하게 녹아서 비닐과 아예 달라붙은 사탕은 밤나무 밑에 묻거나 개울에 던져버리면 된다.

나는 눌어붙은 사탕이 비닐봉지에서 떨어지는 끈적한 소리를 좋아한다. 너와 나는 마을이 내려다보이는 무덤가 언덕에 걸터앉아 사탕을 끈질기게 빨아 먹는다. 하루 종일 거의 말을 하지 않아 텁텁한 입안을 사탕으로 적시며 목소리도 함께 녹인다.

맛이 없어.

네게 혀를 베— 내밀어 보인다. 너는 내 입안의 사탕을 맛본다.

계피다.

네가 웃는다.

계피.

나도 웃는다.

소리는 나지 않는다.

쏴아아, 낙엽을 긁는 소리를 내며 바람이 분다. 무덤가에 볼품없이 삭은 잔디도, 누런 이삭이 가득한 논도 흔들린다.

어, 언니다.

누런 논이 양쪽으로 가득한 마을길을, 하얀 블라우스와 남색 교복 치마를 입은 여학생이 걸어 들어온다.

나는 빠르게 수화한다.

선· 화· 언· 니.

마을엔 언니 누나 오빠 형 굳이 따질 것 없이 어설픈 나이 차이의 아이들 몇이 더불어 뭉쳐 놀곤 했었지만, 선화 언니는 그 누구와 어울리는 일이 드물다. 선화 언니는 동네 아이들 중 나이가 제일 많으니까. 교복을 입고 학교와 집만을 오가는 동네 언니. 남자애건 여자애건 그냥 언니라고 말하면 누구나 알아들었다. 모두들 선화 언니의 얼굴조차 정확하게 알지 못하면서 언니의 존재만은 또렷이 알고 있는 셈이었다. 우리도 언젠간 저 옷을 입겠지? 그렇게 되면 집과 학교만이 우리가 갈 수 있는 유일한 곳인 걸까? 멀리 하얀 블라우스와 남색 치마를 입고 걸어가는 선화 언니의 실루엣이 보일 때면 모두들 잠시 놀이를 멈추고 그런 생각을 하기 마련이었다. 그리고 언니의 모습이 거의 보이지 않게 될 때면 더 욱더 놀이에 열중하기 시작했다. 왜 멈췄었는지 까먹은 것처럼 말이다. 나는 아니었다. 그 순간부터 어쩐지 놀이가 시시하게 느껴지기 시작했다. 지금 하는 놀이를 멈췄다면, 다음에 시작하는 놀이는 더 새로운 것이어야 했다.

나는 거의 무아지경의 형태로 언니의 실루엣을 좇는다. 네가 나를 흔든다.

이제 곧 개밥 주러 갈 시간이야.

나는 짜증이 나 네 손을 뿌리친다. 내가 눈을 뗀 잠깐 사이에 선화 언니는 사라져 있었다.

마을로 접어들자, 차갑게 불어온 바람에 개를 그슬리는 냄새가 난다. 아버지가 한 건 하셨군. 저녁 반찬으로는 고기가 올라오지 않을까. 나는 까슬한 입술을 핥는다. 동네 어딘가에서 개를 잡고 있다. 한여름도 아닌데 개를 잡는 것은 늙은이 중 누군가가 앓아 누웠거나, 공연히 아랫도리가 꼴린 중늙은이들의 작당인 것이다.

개가 타고 있어. 보러 갈래?

너는 잠자코 고개를 끄덕인다. 나는 너의 손을 붙들고 다리로 뛴다. 남자들은 주로 다리에 목을 매달아 개를 죽인다. 마을의 낡은 돌다리 근처는 인적이 드물고 밑으로는 제법 넓은 개울이 흐른다. 과연 돌다리 한가운데 뭔가가 대롱대롱 달려 있다. 멀리서는 아주 큰 쌀자루 같은 것으로 보였다. 우리가 점점 다가갈수록 형체는 점점 더 선명하게 눈에 들어온다. 죽을 때까지 땡볕에 매달아놓아 축 늘어진 하얀 개다. 저무는 해를 정면으로 본 채 매달려 있다. 하얀 털이 오렌지 빛으로 가물가물 빛난다. 개의 코가 바싹 말라 있다.

개다.

네가 손으로 탄성 지른다.

저걸 개라고 할 수 있나.

나는 말을 삼킨다.

장화 신은 남자들이 저만치 걸어오고 있다. 나는 시골에서는 뭔가 더러운 일을 할 때면 딱히 발을 보호할 목적이 아니더라도 장화를 신는다는 것을 알고 있었다. 네 손을 끌어 몸을 숨긴다. 목 뒷덜미에서 훅훅 솟아오르는 열기를 느끼며 숨을 죽인다. 한 남자가 부탄가스에 점화기를 끼고 가스를 연다. 부탄가스에서 나오는 불빛은 선명한 오렌지색으로 빛나다가 한가운데서부터 새파랗고 차가운 색으로 변한다. 불이 닿자 하얀 털 위로 그을음이 번진다. 개의 머리통까지 새카맣게 태우고 나서야 남자는 불질을 멈춘다.

타는 동안 개의 발이 들썩 올라간다. 남자들이 놀라 낄낄거리며 웃는다. 다리 난간 사이로 목을 매단 밧줄을 끌어내리는 동안 길고 앙상하게 남은 개의 꼬리가 도드라지게 흔들린다. 꽉 쥐고 있던 너의 손이 체한 사람의 손처럼 싸늘해진다. 남자들은 개의 목에서 밧줄을 잘라낸다. 개는 나무둥치처럼 묵묵해져 숯 덩어리 같다. 검은 개가 데굴, 구른다. 남자들은 힘을 합해 개울가까지 개를 굴린다. 개울가에는 이미 검은 개 한 마리가 더 있다.

결국 네가 토했다. 네가 토하는 소리는 크지 않다. 나는 남자들이 눈치챌까 가슴이 콩콩 뛰기 시작한다. 남자들은 눈치채지 못하고 개를 열심히 씻는다. 살아 있을 때보다 더 깨끗하게. 금세 침이 고이고 마는 냄새가 동네를 뒤덮을 것이다. 은근한 불로 들깨를 듬뿍 넣고 푹 고아 솥 바닥이 보이도록 먹어치울 것이다.

배가 고파온다. 나는 이미 그 맛을 알고 있다. 배고픔이 내장을 흔들며 소리를 낸다. 동시에 무언가 못된 짓을 가만 보고만 있다는 감정이 솟아오르기 시작한다. 근데 그게 뭐 어때서. 이 마을은 늘 이런 식이다.

인기척에 남자들이 뒤돌아본다. 이리로 오라고 손짓한다. 우리는 도망친다. 불도 피우지 않고 부르는 것은 반칙이다. 그들이 먹으려 하는 것은 어니 깡통에 남겨 있거나 수머니에서 불쑥 꺼낼 수 없는 음식이다. 완전히 요리가 끝나기 전의 모습을 여린 우리에게 보여주어서는 안 되는 것이다. 숨을 헐떡이며 우리는 달린다. 들이마시는 공기 중의 그슬린 냄새가 점점 짙어진다. 희미하게 두려움이 밀려온다. 우리는 아직 약하므로 바람에 실려 오는 냄새조차 경계해야 한다. 바람은 끊임없이 냄새를 전한다. 바람을 들이마시며 뛰는 동안 어쩐지 나는 점점 더 강해진다. 나는 주머니에서 사탕을 꺼내 문다.

맛있어.

나는 사탕을 혀 위에 올려놓고 내민다. 네가 사탕을 받아먹는다. 맛을 본 네가 그제야 웃는다. 박하였다.

얼마 지나지 않아 동네에서 누군가 지갑을 잃어버렸다는 소문이 돌기 시작했다. 잃어버린 사람은 이층집 할머니였는데, 지갑 안에는 돈도 들어 있었다고, 본 사람 없느냐고 묻고 다니는 모양이었다. 아버지는 밥을 먹다가 생각난 듯 내게 묻는다. 돌아다니다가 못 봤냐? 나는 가슴이 순간 뜨끔했다가 고개를 젓는다. 아버지는 혀를 끌끌 차더니, 그 노인네가 오래 살더니 노망이 났나 보다, 생전 돈이라고는 잃어버린 적이 없는 양반이. 짐짓 안쓰러운 투로 말한다. 그럴 리가. 노망난 거짓말쟁이 노인네 같으니. 나는 망설임 없이 지갑을 돌려놓기로 결정한다. 쓸모없는 지갑이 쓸모없이 되돌아갈 것이다. 다음은 어떤 소문이 돌아다닐까? 그렇게 생각하니 배시시 웃음이 나온다. 나는 웃음을 감추기 위해 얼른 그릇을 개수대에 밀어넣고 방으로 들어간다.

나는 입술을 터트리며 와르륵, 웃음소리를 쏟아냈다가 놀라 바로 입을 틀어막는다. 너와 함께 있을 때 그렇게 웃어본 적이 있었던가. 목소리가 아닌 끌어올린 숨소리로 웃음을 내뱉는 것이 최대한 너에 가깝게 웃는 것. 그것이 내가 더 이상 외롭지 않을 유일한 방법이었다. 해가 지고, 방바닥이 차갑게 식도록 아무도 없는 방 안에 혼자 눈을 굴리며 누워 있는 아이, 찌그러진 깡통 따위를 발로 걷어차며 최대한 천천히 집으로 돌아가는 아이, 텅 빈 논에서 바람이나 뒤적거려놓는 벼 밑동을 공연히 쑤시며 등을 보이고 노는 아이, 그게 바로 나다. 너무 늙어 농사 걱정조차 버거운 노인들이 바글바글한 그 마을에서 내겐 그림자조차 애틋했다. 그래서 나는 수화를 배웠다. 수화는 어떤 공부보다도 재미있었다. 그러나 너의 손을 붙들고 뛸 때에도, 함께 숨을 때에도, 실로 마주 보고 있을 때조차도 너는 영원히 나보다 무딘 박자로 말할 수밖에 없다.

흠칫, 내 속에서 죄책감을 깨닫는다. 죄책감이 찻잔에 담긴 채 우러나는 티백처럼 마음을 물들이며 점점 거칠게 찰방인다. 나는 도랑에 지갑을 필요 이상으로 세게 집어던진다. 지갑을 노려보며 나도 모르게 숨을 훅훅 내쉰다.

얘! 나 봤다.

나는 대책 없이 죄책감에 휩싸여 들려오는 소리를 향해 고개를 는다.

이층집 층계 위에서 커다란 줄기 같은 것이 쑥 뽑히는 듯 사람 하나가 불쑥 일어선다. 머리카락을 모조리 뒤로 넘겨 묶은 여자애다. 하루 종일 뛰놀아도 풀리지 않을 정도로 꽉 묶은 말총머리를 해, 눈꼬리가 원래 생긴 것보다 한참 날카롭다. 하얗고 긴 얼굴에 눈이 옆으로 크고 우묵했다. 나는 그것이 선화 언니라는 것을 왠지 모르게 바로 알아챘다. 교복을 입지 않아 훨씬 어려 보이는 언니는 생글생글 웃으며 말을 건넨다.

그거 우리 노인네 지갑이지?

해가 선화 언니의 뒤쪽으로 떠 있어 나도 모르게 몇 번이고 눈을 찡그린다.

돈은 네가 가졌니?

그런 거 들어 있지도 않았어.

뒤지기까지 했니? 남의 지갑을?

어느새 층계참에 걸터앉은 언니가 나를 비스듬히 내려다본다.

누구 건지도 몰랐어. 버린 것처럼 깨끗했으니까.

그치만 넌 그 지갑이 탐이 났잖아. 주인이 누군지 알았대도 가졌을 거잖아. 내 말이 맞지? 하긴, 나도 알아. 그런 거. 딱히 쓸모도 없는데 뭔가 탐이 나 죽겠는 그런 기분 말이야. 할머니는 또 구시렁대겠지. 동네에 도둑 천지라는 둥. 아아, 아주 딱 듣기 싫어. 자기가 뭘 잘못했는지도 모르고 남 탓하기 시작하는 거. 그 노인네는 자기가 뭘 원하는지도 몰라. 분명 지갑을 돌려받고 싶은 것도 아닐 거야. 그걸 들어줘야 돼서 짜증이 좀 나겠지만, 그것도 너랑은 상관없는 일이고. 내가 널 안 봤으면 좋았겠지만 그것도 이미 어떻게 안 되는 일이고. 그치?

내 변명에는 흥미가 없는 듯 혼자 목소리로 높낮이를 타며 종종거리던 언니는 곧 입을 다물고 다리를 건들거리기 시작한다.

그 잠시의 침묵이 너의 묵은 침묵과는 다르다는 것을 나는 본능적으로 느낀다. 너와의 대화는 침묵과 다를 바 없다. 너는 말하고 있지만, 대부분은 내 속에서 메아리치는 나의 목소리가 결국 더 크다. 나는 들어본 적 없는 너의 목소리와 바깥으로 생생하게 울리는 선화 언니의 차진 말을 곱씹는다. 야무진 목소리다. 듣고 있자면 빨대로 마지막 한 모금을 거칠게 빨아올릴 때 같은 쾌감을 준다. 숨을 들이쉬는 동시에 아랫도리까지 바싹 당겨 올려지며 허벅지 사이가 조이는 그런 느낌이다.

나랑 놀래?

언니는 지갑을 돌려달라고 청하지 않았다. 여전히 도랑에 던져진 채 별 볼 일 없는 물줄기에 서서히 젖고 있는 지갑을 건져 올릴 것을 원하지 않았다. 나는 적당히 지쳐 있었고, 언니의 제안은 별 것 아니었다. 선화 언니는 이미 알고 있다. 내가 이층으로 올라갈 것이라는 걸. 언니는 여전히 층계 위에서 느긋한 자태로 나를 기다리고 있다. 나는 계단을 밟고 올라간다. 아래에서 쳐다보는 것처럼 높이가 높지 않다. 현관으로 이어진 마지막 계단에서 언니가 나를 끌어당긴다. 부딪쳐온 몸이 생각보다 육중해서 나는 순간 놀란다. 세상이 빙글빙글 도는 것만 같다. 너는 지갑을 줍지 말라고 말했었다. 나는 그 손짓을 떠올린다.

현관문이 열리고, 나는 언니의 손에 이끌려 안으로 들어간다.

여기가 내 방. 재밌는 거 많지?

언니의 방은 서향이다. 거실이 지나치게 어두운 것과 별개로 언니의 방은 해가 저물어갈수록 빛이 차오른다. 뭔지 모를 향기가 덥혀진 공기에 감돌았다. 반달 모양의 창문이 달린 창가에는 앉아서 밖을 내다볼 수 있게 넓은 턱처럼 된 공간이 있었다. 나는 뛰어올라 창가에 앉아 밑을 내려다본다. 창문 바로 밑으로는 도랑이 흐르고 있고, 멀리로는 마을 입구가 한눈에 들어온다. 마치 등대 같다고 생각한다. 실제로는 등대 따위 한 번도 본 적이 없으면서, 막연히 그렇게 생각한다.

언니가 쟁반에 무언가를 들고 온다. 읽을 수 없는 말이 쓰인 반짝이는 껍질들. 반짝반짝 빛을 반사하는 새것. 나는 흠칫거린다. 검은 가죽지갑의 빛이다. 물에 잠긴 채 물고기 비늘처럼 도랑에서 빛을 내며 나를 부르던 그 지갑의 빛이다. 나는 도랑에서 지갑을 건져내던 그때처럼, 홀린 듯 빛을 움켜쥔다. 나는 조심스레 포장을 벗겨내고 우물거린다.

맛있지?

사탕보다 진한 단맛이 침에 녹아들고 이빨에 감겨들면서 뭔지 모를 고소하고 저릿한 맛이 목 끝을 찡하게 치고 넘어간다.

더 먹고 싶지?

하나만 집에 갖고 가도 돼?

언니가 고개를 젓는다.

다음에 또 와. 그때 먹으면 되잖아.

나도 고개를 젓는다.

내가 먹으려는 게 아닌데.

그래도 안 돼.

언니가 귀신같이 눈치채고 웃는다.

치사하게. 이제 안 와.

내기할까?

언니는 수돗물처럼 차가운 목소리로 말하고 웃는다. 나는 언니의 웃음에서 결국 서향집은 춥다,는 말을 떠올린다.

동네 아이들은 추수가 끝나고 나면 지푸라기로 아지트를 만든다. 각자 들 수 있을 만큼의 지푸라기를 몇 번이고 옮겨 참새들이 가득한 덤불 속에 아이들의 둥지를 짓는다. 지푸라기로 지은 둥지는 의외로 따뜻하고 아늑하다. 둥지는 한겨울이 되면 자연스레 무너져버리기 때문에 따로 치우지 않아도 그 자리에서 썩어버리게 두면 된다. 평소에는 둘만 놀던 우리도 둥지를 짓는 것만은 재미있어서, 가을이면 하는 그 놀이 틈에는 꼭 끼어들었다. 올해도 마찬가지일 거라고 생각한 것은 나뿐이었나 보다. 아이들은 내게 둥지를 만들자고 권하지 않는다. 추수가 완전히 끝나려면 아직도 며칠 더 남았다. 그러나 아이들이 나를 따돌리려 하는 것이 초조하지는 않다.

나는 잠이 많아져서 한창 수업 중인 교실이나, 놀이를 하다가도 꾸벅꾸벅 고개를 떨어트린다. 내가 잠을 많이 잘수록 점점 책상과 의자는 작아진다. 그런 나를 깨우며 너는 의아한 표정을 짓는다. 너는 나를 졸졸 따라다니며 같은 질문을 던진다.

도대체 맨날 어딜 가는 거야?

틈만 나면 선화 언니와 시간을 보냈으니 그건 당연한 질문이다. 집에 놀러 오는 것은 오직 너뿐이고, 그것은 비밀. 선화 언니는 내게 신신당부한다. 할머니는 애들이 오는 걸 싫어하니까. 언니는 열쇠를 두는 곳을 알려준다. 나는 아이가 아니다. 어떡하든 너를 따돌리고 선화 언니의 방을 찾아간다. 나는 아이가 아니니까. 언니는 내가 좋아하는 책을 한 권 뽑아들고 책을 소리 내 읽게 한다.

할머니! 귀가 왜 이렇게 커요?

내가 읽는다.

네가 하는 말을 좀 더 잘 듣기 위해서지.

언니가 읽는다.

할머니, 눈은 왜 이렇게 커요?

너를 놓치지 않고 잘 보기 위해서지.

할머니, 입은 또 왜 이렇게 커요?

그거야 너를 잡아먹기 위해서지!

언니가 어흥! 달려들며 겁을 준다. 나는 깔깔 넘어가며 크게 웃는다. 밖에서 현관문을 여는 소리가 들려온다.

할머니다!

언니가 내 입을 틀어막고 꼭 껴안는다. 나랑은 다른 신기하게 부드러운 몸. 우리는 커튼 뒤에서 숨을 죽인다. 쿵쿵, 노인네 발소리가 가까워지더니 벌컥, 방문이 열린다. 방 안을 살핀 할머니가 문을 쿵 닫는다. 할머니는 부스럭거리며 뭘 챙기더니 밖으로 나간다.

언니가 부드럽게 키스한다.

난 할머니가 죽어버렸으면 좋겠어.

언니가 생긋 웃는다. 나도 안다. 나도 가끔 그런 꿈을 꾸기 때문이다.

내가 말없이 돌아서자, 네가 나를 세게 돌려세운다. 내년이면 우리는 교복을 입게 된다. 내가 자란 이상으로 너도 자라 있다. 나를 돌려세운 너의 힘이 그렇게 말하고 있었다.

얼굴 보고 말해. 안 보여.

너의 손이 말을 하느라 맞부딪치는 소리가 매섭게 난다. 너의 청력은 이제 거의 남아 있지 않게 된다. 해를 거듭할수록 그렇게 될 것을 너도 나도 알고 있다. 때때로 그 사실이 슬프다가도 화가 난다. 나는 수화 대신 주머니에서 초콜릿을 꺼내 너에게 던진다.

네가 어딜 가는지 알아.

너는 초콜릿을 받아 도로 내게 던져버리고 내게서 멀어진다.

나는 선화 언니에게로 간다. 방문을 열면, 언니는 가끔 버려진 인형처럼 창가에 앉아 있다.

왔니?

언니가 창가로 나를 부른다.

저거 봐.

나는 창문에 뺨을 붙이고 언니가 가리킨 곳을 쳐다본다. 처마 쪽에서 부우웅 하고 날갯짓 소리가 들려온다. 노란 줄무늬 꼬리를 가진 말벌들이 새카맣게 매달려 집을 짓고 있다. 창문 안쪽으로도 전해지는 말벌의 날갯짓 소리는 위협적이다. 창문을 열면 금방이라도 방으로 몰려들어 공격할 것 같은 힘이 느껴진다.

창문 열어볼까?

나는 고개를 마구 젓는다. 언니가 키득거린다.

말벌들은 사람이 살지 않는 집에는 집을 짓지 않는대.

그럼 개가 사는 곳은? 거기도 집을 지을까?

글쎄? 말벌들은 제일 안전한 곳에 자기들 집을 짓고 아무나 공격해대서, 태워 죽이는 게 좋대.

개들도 쏘여 죽을까?

글쎄……. 시골엔 말벌들이 너무 많아.

말벌들은 징그러울 정도의 엄청난 속도로 집을 짓기 시작한다. 언니와 나는 창가에 얽혀 앉아 숨을 죽이고 지어지는 말벌집을 쳐다본다.

쏘이면 아프겠지?

죽겠지.

언니가 지겨운 듯 일어나 옷장에서 교복을 꺼내 내 시선을 끈다. 하얀 블라우스와 남색 치마. 내년이면 내가 입게 될 교복이다. 언니는 새로운 교복을 입게 되겠지. 나는 다가가 빳빳하게 날이 선 언니의 교복을 만져본다.

이거 입어볼래?

응.

나는 속옷만 남기고 전부 벗어버린다. 남 앞에서 옷을 벗는 것은 처음이다. 나는 약간의 부조화를 느낀다. 언니가 입는 것을 도와준다. 빳빳한 천이 맨살에 닿는 느낌이 어색하다. 언니가 단추를 잠가줄 때마다 옷은 점점 더 몸을 옥죈다. 특히 목에 닿는 깃이 답답하고 따갑다. 치마 사이로 느껴지는 휑한 맨다리의 느낌도 싫다. 교복은 내게 생채기를 만드는 것 같다. 해가 기울고, 방

안의 공기는 점점 싸늘하게 식어가는 것만 같다.

나 이거 벗을래. 안 예뻐.

쉬잇—.

언니가 나를 달랜다. 성냥을 인에 긋는 소리처럼. 짧지만 억센 그 소리의 다음에는 머리통부터 타기 시작하는 성냥이 언제나 뒤따른다. 나는 생각한다. 어째서 그렇게 반짝거리는 지갑이 떨어져 있었을까? 그렇게 눈에 띄는, 도랑에서조차 빛나는 검고 아름다운 것이 하필 떨어져 있었을까? 어째서 지갑 안에는 아무것도 없었지? 층계참에서 숨죽이고 나를 보고 있었던 건 선화 언니였지. 지갑을 잃어버린 사람은 과연 누굴까? 나는 언니를 쳐다볼 수 없어 눈을 감는다. 언니의 흐트러진 머리카락이 내 얼굴을 온통 덮어, 나는 생각하는 걸 멈춘다. 하지만 언니는 벌써 그다음을 알고 있다.

탁! 창문으로 무언가가 세게 부딪쳐왔다. 말벌이다. 처마에는 벌써 낙타털 색깔의 진흙이 달걀같이 둥글고 팽팽한 것이 매달려 있다. 말벌집이다. 언니와 나는 동시에 멈춘다. 언니의 눈동자가 반짝거린다. 담장 위에 꽂힌 유리 조각이 부서진 날카로움으로 위태롭게 반짝일 때면 손을 대보고 싶은 충동처럼 나는 언니를 만지고 싶다. 언니가 내게 다가온다. 탁! 말벌이 또 부딪치는 소리가 난다. 언니는 멈추지 않는다. 탁! 말벌보다 딱딱한 물체가 창문에 부딪치는 소리가 난다. 쩍! 창문에 금이 간다. 그 순간 나는 언니를 밀치고 달려서, 집까지 한달음에 간다. 뭔지 모를 분노와 수

치심에 휩싸여 집으로 간다. 내가 집에 들어서자 개들이 컹컹 거리며 나를 반긴다. 펜스에 올라타며 헉헉거린다. 시끄러워. 나는 몽둥이를 집어 들고 펜스를 쾅쾅 내려친다. 내 기세에 잠시 조용해졌던 개들이 다시 컹컹 짖는다. 나는 다시 한 번 몽둥이를 높게 치켜든다.

아야, 얼굴에 따끔하게 무언가 닿는다. 이상한 옷차림. 개 사료 알갱이를 던지며 네가 히죽 웃는다. 아야, 아프다니까! 내가 고래고래 소리 지르자 너는 신이 나서 계속 알갱이를 던진다. 하지 말라니까! 나는 몽둥이를 집어던지고 너를 밀쳐 땅바닥에 굴린다. 엎치락뒤치락 우리는 신나게 땅을 구른다. 개들이 신나 컹컹 짖는다.

둥지, 오늘 짓는대.

네가 말한다. 저녁이다. 둥지를 지으러 갈 시간이 없다. 나는 교복 치마를 툭툭 털며 일어난다.

개밥 주는 거나 도와.

나는 너와 함께 개밥을 주고 교복을 벗어 빤다. 내일이라도 당장 언니에게 가져다줘야 할 것이다.

당연히 다음 날까지도 교복은 마르지 않았다. 꿉꿉하고, 썩은 냄새가 났다. 나는 여러 가지로 창피해졌다. 언니가 무얼 입고 학교에 갔을까 걱정도 됐다. 아이들은 지푸라기로 멋진 둥지를 지어 놓았다. 얼마 뒤 동네에 작은 불이 나고, 언니가 죽었다. 사실

둘은 전혀 관계가 없다. 언니는 말벌에 쏘여 죽고, 아이들은 살았다. 언니의 입안에서 말벌이 나올 정도였다고 했다. 아이들이 지은 둥지에서는 성냥이 발견됐다. 아이들은 자기들이 그런 것이 아니라 했지만 어른들은 믿지 않았다. 처음 그 아지트를 만들자고 한 아이는 뺨을 세게 맞았다. 아이들은 다시 안전한 놀이만을 하게 될 것이다. 아니면 아예 놀이를 멈추거나. 나는 자라서 언니가 입었던 교복과 입지 못한 교복 전부를 입었다. 그리고 나와 너는 여전히 수화로 이야기한다.

윤가람 2014년 중앙대학교 문예창작학과 졸업.

미술공원에서

임재홍

핸들을 잡은 두 손이 버석버석 메마르다.

분홍색 스웨터를 입은 여자는 안전띠를 느슨하게 매고, 한 손으론 턱을 괸 채 차창 밖을 보고 있다. 남자는 유리에 비친 여자의 얼굴과 살짝 부풀어 오른 배를 살핀다. 여자가 대학을 졸업할 때까지 배가 많이 부르지 않은 것은 그나마 다행이다. 여자의 입꼬리는 축 처졌고 두 눈은 나른한 듯 조는 것처럼 보인다. 남자는 120킬로미터나 140킬로미터로 속도를 올리고, 여자는 빙긋 웃으며 고개를 가로젓는다. 도로에 고인 빗물이 시원스레 튀겨나간다. 해는 숨바꼭질을 하듯이 구름 뒤로 자주 숨는다. 남자는 여자가 속도를 줄이라고 하면 곧장 속도를 줄인다. 그러나 요금소를 지나자 저도 모르게 다시 속도를 올리고, 여자는 오랫동안 삼키고 있던 먼지를 뱉어내듯이 말한다.

"좀 천천히 가."

남자는 액셀에서 발을 살짝살짝 떼낸다.

“고속도로에선 느리게 가는 것도 비매너야.”

여자의 얼굴에선 살짝 불만이 묻어나오지만 잠시뿐이다. 여자는 갑작스러운 여행을 대체로 즐겁게 받아들이는 듯 보인다.

보통의 경우, 여자는 괜히 우울해 보이는 인상이다. 여자의 호박색 눈동자는 특정 사물을 응시하면서도 멀리 허공을 바라보는 듯 초점이 흐리다. 누군가와 대화를 할 때만 눈빛을 반짝인다. 사람의 친절에 대한 직선적인 기대다. 눈빛을 받은 사람은 저도 모르게 으쓱해지거나 절로 다정한 마음이 들기 마련이다. 남자는 그런 여자를 사랑했고, 여자의 소녀 시절까지 기억한다.

여자의 얼굴은 남자가 알던 소녀처럼 여전히 앳돼 보인다. 약간의 그늘이 지긴 했지만, 노화와는 다른 의미로 새로운 매력이다. 그들 사이에는 많은 대화가 없어도 그건 그 나름대로 평온하다. 남자는 가슴이 두근대는 것을 느끼며 말한다.

“좋다.”

여자도 뜸들이지 않고 대답한다.

“나도 좋아.”

순간 여자의 배가 부풀어오른 듯 보인다. 남자는 여자의 배가 수시로 부풀어오르고 있다고 생각한다. 급작스럽게 밤이 덮쳐온 것처럼 시야가 캄캄해져버린다. 남자는 여자와 여자의 배를 함께 두고 떠올리길 애써 거부해본다.

좁은 외길이 이어진다. 그들은 드넓은 논밭 사이에 끼어서 온갖 쓰레기를 소각하는 시큼하고 쓰라린 냄새와 비료 냄새, 소나 돼지의 오물이 뿜어내는 악취를 맡아야 했다. 다행히도 목적지까지는 그리 멀지 않았다. 뜬금없이 등장한 삼색 신호등 아래를 지나자 좌우로 상점거리가 나온다. 철물점이나 방앗간, 휴대전화 서비스 센터 등이 늘어서 있다. 사람들은 우산을 폈다가 접길 반복한다. 색색의 고무줄 바지를 입은 노파들이 바구니를 머리에 이고 있다. 한산하다.

그들은 일단 마트에서 장을 보기로 한다. 남자는 한 손으로 우산을 들고 다른 한 손으로는 여자의 어깨를 감싸 쥔다. 여자는 매우 천천히 움직인다.

트렁크에는 감자칩이나 초콜릿 같은 군것질거리가 한 봉지 가득 담겨 있다. 그래도 야영을 앞두고 사야 하는 것들이 더 많다. 남자는 우산을 접어 쇼핑카트에 넣어둔다. 창살 사이로 물기가 똑똑 떨어진다. 남자는 카트를 민다. 여자는 물건을 집는다. 그들은 마트 안의 정육점에서 고기 한 근을 산다. 돼지목살 반 근에 삼겹살 반 근이다. 남자가 혼자서도 먹을 수 있는 양이다. 남자는 단백질이 풍부한 육류를 좋아한다. 대신 눈이 달린 어류는 좀체 먹지 못한다. 혐오하기 때문이다. 분노도 이성도 느껴지지 않는, 그것에서 반사되는 자신을 보면 욕지기가 올라오는 것이다.

채소 판매대에서는 상추, 깻잎과 마늘도 산다. 참기름, 소금, 쌈장 그 외 마른안주와 맥주까지. 여자는 부족한 것보다는 넘치는 게 낫다고 생각한다. 여자가 좋아하는 우유식빵은 덤이다. 껍질이 채 벗겨지지 않은 석류도 두 개를 산다. 여자는 느긋하다. 그들이 장을 보는 일은 언제나 시간이 오래 걸린다. 무엇을 사든지 최소 한 시간 정도. 남자는 화장실이 급하다고 말한다. 카트를 여자에게 맡겨둔 채 마트를 빠져나온다.

남자는 현금인출기 옆의 골목을 향해 걷는다. 마트와 붉은 벽돌로 지어진 빌라 사이이다. 지체할 여지 없이 곧장 담배를 꺼내 문다. 그러나 라이터의 부싯돌은 매끄럽게 닳은 데다 주변 공기의 습도까지 높다. 예닐곱 번에 걸쳐 엄지를 움직인 후에야 불을 붙이는 데 성공한다. 빗방울이 떨어져 마른 담뱃잎들이 물에 젖은 채 고스란히 비친다.

골목길 안쪽의 으깨진 시멘트 바닥 위로는 얼음이 박혀 있다. 낡은 옷을 집어넣는 수거함 너머로는 반대편 차선이 보인다. 그곳에서 쌩쌩 달리는 차들을 등 뒤로 한 채, 수건으로 머리를 꽁꽁 싸맨 노파가 야채를 팔고 있다. 노파는 우체통과 가로등 사이에 끼인 것처럼 쭈그려 앉아 있다. 볶은 콩과 당근, 갖가지 나물들이 돗자리에 늘어서 있다. 걸음을 재촉하는 사람들이 노파 앞을 스쳐 지난다. 노파는 석고상처럼 앉아서 보도 위를 응시하고 있다. 무언가를 기다리는 것처럼 보이기도 하고 보내려는 것처럼 보이기도 하다. 시금치 한 단에 동전 하나다. 남자는 두 번째 담배를 한 모금 깊이 빨아들인다. 멀리 내쉰다. 희뿌연 연기가 느릿느릿 떠오른다. 남자는 여자에게, 다 됐으면 연락하라는 문자를 보내며 가슴의 옷자락을 세게 털어댄다. 여자는 배가 부른 이후로 담배 냄새에 민감하다.

남자가 다시 고개를 들었을 때 노파는 손님을 받고 있다. 머리에 잿빛 모자를 쓴 노신사다. 그는 짙은 회색 두루마기를 입고 보자기로 된 가방을 등 뒤에 걸치고 있다. 노신사는 동전을 하나둘 조심스레 세어서 노파에게 건넨다. 노파는 동전들을 받아 앞주머니에 털어넣는다. 두 사람은 계산이 끝나고도 몇 마디 대화를 주고받는다. 휴대전화의 진동이 울리며 여자에게서 전화가 온다. 남자는 통화 취소 버튼을 누르고 마트로 향한다. 차 안에서 흔드는 손을 발견한다.

여자는 이미 조수석에 앉아 있다. 뒷좌석에는 구매한 식품들이 가지런히 놓여 있다. 남자는 여자가 짐들을 다 옮겨놓은 것에 대해 조금은 놀라고, 미안하다고 사과한다. 여자는 그의 사과에 대해서는 신경 쓰지 않는 눈치다. 귤껍질을 벗기며 코를 킁킁대기만 한다. 여자는 냄새에 대해서 추궁한다. 남자는 능청스러운 표정으로 고개를 가로젓는다. 열쇠를 쥐고 시동을 건다. 후진하며 차선에 들어갈 기회를 살핀다. 거대한 유리를 실은 파란 포터 세 대가 줄지어 달리고 있다. 여자는 집요하다.

"담배 피운 거 맞잖아. 저기 봐."

여자는 남자가 담배를 피웠던 골목을 가리킨다. 남자는 여자의 손가락 끝에서부터 시선을 옮긴다. 정말 그곳엔 희미한 구름이 깔린 듯하다. 노파 앞의 노신사가 한 아름 보따리를 껴안고 뜨거운 입김을 사방으로 토해내고 있다. 남자는 자신이 내뱉은 연기는 아닐 거라 생각해본다. 그늘진 골목 어귀에 고양이 한 마리가 튀어나와 얼음물을 핥는다. 남자는 몇 번인가 다시 눈을 깜빡여 본다. 여자의 어깨너머로 허름한 건물 하나를 발견한다. 짙게 서린 성에를 헤치고서, 옥상에 있는 녹색 십자 간판이 나타난다. 울퉁불퉁한 회색 벽면 위로 일부러 숯을 문지른 것 같은 그을음이 묻어 있다. 철골이 삐져나온 네온사인 위로 찢어진 현수막이 휘날린다. 남자는 브로커가 말한 병원임을 직감한다. 입천장에서부터 짠맛이 난다.

남자의 아버지가 말했다.

"애비 죽으면 엉엉 울어라."

얼굴을 보면 눈물이 나올 수도 있겠지만, 영정 사진 앞에서는 조금도 울지 않는다.

법당 내부의 천장에는 알록달록 채색된 연꽃 문양의 그림들이 쏟아질 것처럼 잔뜩 수놓아져 있다. 옥색으로 덧칠된 나무 지지대들이 천장을 받쳤다. 정면의 탁상에는 기다란 촛대가 불을 밝혀서, 그 뒤의 금색 부처상들이 무슨 표정을 하고 있는지 보이지도 않는다. 머리가 반질반질한 스님이 그 앞에서 염불을 왼다. 그는 회색 장삼 위에 감색 예복을 걸치고 있다. 스님은 목탁 치는 일을 멈춘다. 항렬순으로 행을 지어 서 있는 친척들이 차례로 큰절을 올린다.

"곱게 가지 못하고."

엎어진 친척 중 누군가가 말한다. 남자는 맨 앞줄에 있다. 활짝 열린 문지방 너머로 들어오는 칼바람을 그대로 맞아야 했다. 꾹 다물고 있는 입술 사이로 하얀 입김이 술술 피어나온다. 옆으로는 절에서 쓰는 제례 도구들이 얇은 한지로 덮여 있다. 벽화에 그려진 사천왕이 부리부리한 눈을 치켜뜨고 있다. 남자는 구역질이 날 것 같다. 더러운 돈을 시주한 친척들과 그것을 받은 주지승의 말간 얼굴, 허옇게 떠버린 자신의 얼굴.

남자의 아버지는 소령 진급에 실패한 후 그 싫어했던 원화전기에 몸을 담았다. 원화전기는 수주를 받아 전기시설을 설비하는 건축 계열 회사다. 집안의 남자들이라면 가업에 동참하기 마련이었으나, 아버지는 퇴직금 이천에 평생을 바친 자신의 아버지를 기억했다.

순전히 어린 남자를 먹여 살리기 위해서였다.

남자의 아버지는 선물과 뇌물의 차이를 몰랐다. 원화전기의 존망이 걸린 일을 따내기 위해 공무원에게 '뇌물'을 바쳤다. 일이 커지자, 사장으로 있던 먼 친척은 책임을 고스란히 아버지에게 씌웠다. 남자의 아버지는 낚시를 떠난 어느 주말에 사라져버렸다.

남자는 아버지의 비리가 부끄럽진 않았다. 다만 두려웠다. 동질의 성씨가 행사하는 힘이. 핏줄의 족쇄가. 아버지는 불명예 때문이 아니라, 남자가 다 자랐다는 생각에 죽기를 선택한 것이다.

앞줄의 친척들이 엎어져서 절을 한다. 남자는 고개를 숙이고 무릎을 구부린다. 어릴 적, 아버지가 집에 일찍 돌아오길 빌었던 그 작은 무릎이다. 얼음장처럼 차가운 고동색 나무 바닥을 피해 양탄자가 덮인 부분을 짚는다. 양탄자는 굉장히 오래된 듯 무늬를 알아볼 수 없을 만큼 해져 있다. 눅눅하다. 문가에 전기난로가 지지직거리며 먼지 튀겨내는 소리를 낸다. 남자가 다시 일어났을 때 긴 의식이 끝났다.

땅거미가 지고 있는 경내는 하얀 자갈들로 가득하다. 남자는 돌멩이들을 걷어차면서 걷는다. 댕, 댕, 하고 종소리가 나자 고개를 이리저리 돌려본다. 풀숲을 가로막는 하얀 돌담 앞으로 높은 팔각정이 있다. 팔각정 아래서 저녁 종을 치는 스님의 손이, 당목 위에 살짝 얹혀 있다. 돌처럼 뻣뻣한 질감의 손이다. 당목과 한 몸이 된 것처럼 밀착한 모습이다.

종소리가 서른 번 더 울린다. 저녁을 알리는 종이다. 스님은 지친 기색이 없다. 아무래도 의수를 한 듯했다.

여자가 남자의 눈앞으로 손바닥을 흔든다.

"뭐야?"

남자는 고개를 턴다. 노인은 사라졌고, 노파는 여전히 그곳에 앉아 있다. 남자는 여자에게 말한다.

"아무것도 아니야."

여자는 피식 웃는다.

"이상해."

여자의 목소리가 몽롱하게 들려온다. 남자는 잠시 환영에 사로잡힌 기분이 든다. 어두운 방 한편에서 늙은 남자가 요강에 쭈그려 앉아 있고, 늙은 여자는 아이 하나를 품에 안은 채 잠들어 있다. 그들의 손자는 초라한 소리를 다 듣고, 그 기억을 평생 잊지 못할 것이다.

여자는 입술을 동그랗게 모은 채 남자를 응시한다. 남자는 머뭇거리다가 말한다.

"미술관에 가면 볼 수 있을 거야. 멋있는 것들."

돌아오는 대답이 없다. 여자는 눈을 지그시 내리깔고 자신의 배를 어루만진다. 여자의 스웨터 밑으로 쇄골이 윤곽을 드러내고 있다.

그들은 마을과 산을 가로지르는 언덕을 올라간다. 외진 장소지만 관광객들이 심심찮게 찾아오는 곳이다. 그곳에는 자산이 많은 무명의 서양화가가 사비를 털어 만든 개인 미술관이 있다. 사실상 공원 개념의 미술관이다. 천 평이나 되는 넓은 부지 내에 운동장이나 식당, 카페 등은 물론이고 오토 캠핑장까지 있다. 인공적으로 만든 연못도 있어서 낚시까지 할 수 있다. 연못은 미술관에서 얼마 멀지 않은 호수의 물을 끌어다 조성된 것이다. 때문에 사람들은 연못에서 낚시를 하기보다는 호수까지 가기 마련이었다. 남자는 처음 미술관을 찾을 때, 호수가 지도에 표기되지 않았다는 사실을 모르고 잠시 당황했다.

아치형의 선간판을 지나고 그들은 예약한 텐트 옆에 차를 세운다. 텐트는 사진으로 봤을 때보다 크다. 2층으로 된 텐트는 나무로 된 골자 위에 베이지색 천막을 엮어 덮은 것이다. 입구 부근에 그릴이나 의자 같은 간단한 바비큐 시설이 있다. 1층 내부에는 소형 냉장고와 전기난로가 하나 있다. 그 앞에 낮은 테이블이 있고, 어른 키 높이쯤 되는 사다리가 그 옆에서 2층으로 이어졌다. 2층엔 침낭과 이불 등이 깔렸다. 머리맡 부분에는 지퍼로 여닫을 수 있는 창이 하나 달려서, 바깥의 풍경을 고스란히 볼 수 있다. 남자는 부지런히 사다리를 오르내리며 짐을 옮긴다. 여자는 1층에서 가방 따위를 건네며 슬며시 웃는다.

여행을 떠나기 전, 남자가 미술관의 조경도와 텐트 사진을 보여줬을 때도 여자는 웃었다. 여자의 웃는 모양은 언제나 똑같았다. 수수했던 소녀의 얼굴에 뽀얀 화장이 칠해질 때까지.

남자는 텐트에서 지새울 밤을 기대한다. 성적으로 흥분되지 않은 상태에서도 여자를 상상하고 있는 그다. 버릇이다. 매 순간 여자의 매끈매끈한 팔과 허리춤을 떠올린다. 그것을 매만지고 서로 부대끼는 종류의 접촉을 꿈꾼다. 여자의 부드러운 육체에는, 남자에게 가장 익숙한 체온이 녹아들어 있다. 그 열기에서 편안함을 느낀다. 남자는 여자와 있을 때 비로소 자신의 체온까지 느낄 수 있다. 여자의 살결과 마찰이 생기는 순간에 안도한다. 그러나 지금은 병원으로 가는 일에 대해서 걱정해야 한다. 여자의 따뜻한 육체를 차가운 수술대에 올려야 한다. 이제까지 경험해보지 못한 막막한 일이다.

그들은 그릴 위에 돼지목살을 올리고 마주 앉는다. 남자는 붉은 살점 위에 굵은 소금과 후추를 조금 뿌린다. 고기가 그릴에 눌어붙을 때면 집게를 이용해 들었다 놓는다. 아직은 허연 육질이 점점이 부서져버린다. 연기가 피어오른다. 여자는 몸이 불편한 듯 움직이며 자세를 수시로 바꾸고 있다. 결국 여자는 다리를 사선으로 모아 허리를 틀고 그릴을 비스듬히 향한다. 숨을 내쉰다. 반으로 접히는 접이식 의자는 작고 불편하다. 남자는 의자만큼은 기능성이 최우선이어야 한다고 생각한다.

가녀린 겨울비가 다시 내린다. 남자와 여자의 시선이 한곳을 향한다. 눈부신 금빛 강물이 지평선에 살짝 걸쳐 있다. 강물 위에, 그들의 머리 위에도, 붉고 현란한 저녁노을이 내려앉는다. 남자는 고기를 잘게 씹으며 여자의 볼을 쓰다듬는다. 여자 역시 고기를 씹고 있어서 볼이 씰룩거린다. 그들은 서로의 입에 음식을 넣어준다. 그림자가 시시각각 이동하고 있다. 남자는 만족스럽게 식사를 즐긴다. 마주하고 있는 여자의 눈빛이 따스하다. 남자는 그 눈빛이 변치 않길 바라며 조심스럽게 말을 꺼낸다.

"여기 근처에서 상담 받고 하자."

남자의 목소리는 진로 상담을 받자는 말처럼 단조롭다.

"보내주자."

그들은 낙태라는 말을 쓰지 않는다. 아무리 감정이 격해졌다 하더라도, 낙태라는 단어는 의도적으로 피한다. 여자는 젓가락으로 마늘을 쥐고 있는 상태다. 그대로 멈춰 있다. 남자는 진흙이 묻은 자신의 발끝을 보면서 대답을 기다린다. 익숙한 시간이다.

"여기 근처에 병원이 있어?"

여자는 묻는다. 그 목소리가 담담했기에 문득, 남자는 안도하는 마음이 생긴다. 고개를 끄덕거린다. 그러나 이어지는 여자의 말은 남자를 참담한 기분 속으로 빠트린다.

"나 속인 거야?"

천막을 두들기는 빗소리와 고기가 타는 소리가 갑자기 먼발치서 숨을 죽인다. 남자는 말한다.

"너도 하고 싶은 일 해야 하고. 그러니까."

놔줄 때가 되었다고, 남자는 거의 말할 뻔한다. 하지만 그 말은 중의적이다. 남자가 놔주고 싶은 건 여자가 아니다. 필사적인 심경이 된다.

"우리 둘이서 자유롭게 사는 거야."

여자는 대답한다.

"이건 보내주는 게 아니야. 살인을 하는 거야."

남자는 자신이 모질지 못했음을 자책한다. 아기집이 지금보다도 훨씬 작은, 물방울만 했을 때는 단지 주사를 맞는 일만으로도 끝낼 수 있었다. 이젠 팔다리와 머리까지 세분화된 생명이다. 기계를 이용해 그것들을 분쇄하는 방법만이 남아 있다. 그런데 남자가 수술을 강요할수록, 여자는 자꾸만 화를 내며 돌아섰던 것이다.

임신테스트기에 두 줄이 그어진 것을 확인한 지 일주일 째, 여자는 다소 억지스러운 미소를 지으며 남자에게 말했다.

“혼란스러워 너 때문에. 이야기를 더 해보자.”

라고. 그 이야기는 매번 지지부진하게 끝났고 시간은 많이 지나버렸다.

남자는 조급하다. 여자의 태도가 의뭉스럽기만 하다. 교제한 지 10년임에도 애정에는 이상이 없다고 생각한다. 막연하지만 미래를 함께하리라는 믿음도 있다. 그런데 여자는, 보낸다는 것이 그들 사이의 애정에 중대한 지표라고 믿는 듯하다.

남자는 말한다.

“망설일수록 못된 짓만 하는 거야.”

잠시 뜸을 들인 후 덧붙인다.

“그만 놔줘.”

남자는 여자의 분홍색 스웨터를 본다. 스웨터 위로, 하얀 목덜미 사이사이로 푸른 핏줄과 머리칼이 있다. 연약해 보인다. 고기가 새까맣게 타들어간다. 남자는 고기를 집어 무언가 말하려 했으나 이내 그만둔다. 위험했다는 생각을 한다. 남자는 여자가 어떤 표정을 하고 있는지 살펴보지 않는다. 남자는 또 말한다.

“정말 널 사랑해서…….”

여자는 말을 끊는다.

“징그러워.”

다시 말한다.

"사람이 아니야."

여자의 성대를 통해 흘러나오는 말을 듣자 남자는 울컥하여 되묻고 싶어진다. 도대체 바라는 게 뭐냐.

여자와 처음으로 모텔을 갔을 때보다 훨씬 어려운 상황이다. 남자는 자신의 무릎에 앉아 그의 성기를 쓸어내리던 여자의 손가락들을 기억한다. 섬세했다. 그리고 거울에 반사된 여자의 날개뼈는 오묘한 모습이었다. 병원으로 여자를 이끌기는 어렵고, 또 낯설다. 여자는 말한다.

"언제가 되든지. 그건 사실 죽이는 거야."

"아니, 다르지."

"너 아이 낳을 바엔 정말 보내주는 게 낫겠어."

남자는 그 말을 듣고 입술을 잘끈 씹는다.

"나 닮은 애 낳을까 나도 싫다."

남자의 말에 여자는 격앙된다.

"닥쳐."

그러자 남자도 화난 어조로 말을 한다.

"내 말대로 해. 인생 아까워지기 전에."

"누구 인생이."

여자는 가만히 읊조린다.

"내가 알아서 끝낼게. 내 몸속에 있으니까 내가 알아서 할 거야."

한동안 침묵이 이어진다. 남자는 고개를 올려본다. 여자가 창백한 눈을 하고 있다. 남자를 보는 건지, 그 뒤를 보는 건지 분간할 수 없다.

"정말 끔찍한 시간이었어."

여자는 텐트로 들어가 짐을 챙기고 나온다.

"돈이나 내놔."

남자는 꼬깃꼬깃한 봉투를 주머니에서 꺼내 땅바닥에 내던진다. 명치 언저리가 뜨겁다. 여자는 봉투를 주운 뒤 가방에 넣고 떠난다. 뒤를 돌아보지 않는다. 남자는 여자의 뒷모습을 끝까지 바라본다. 여자는 아치형의 입구를 지날 때 바람에 휘날린 머리칼을 매만진다.

남자는 나무늘보처럼 천천히, 텐트 2층을 향해서 사다리를 타고 올라간다. 침낭을 뒤집어쓴다. 잠은 오지 않는다. 가슴속이 자꾸 두근거리는 게 갑자기 몸이 안 좋아진 기분이다. 다시 사다리를 타고 내려온다. 재킷을 여미고 질퍽질퍽한 진창을 걸어나온다.

경내엔 짙은 어둠이 깔렸다.

산골짜기에서 올빼미가 운다. 남자는 비밀스럽게 불을 밝힌 석등에 등을 지고 앉는다. 돌로 된 탁자 위에 격자식 창살이 여섯 면으로 나 있는 석등이다. 남자의 발바닥 아래서 자갈들이 뭉개지고 밀려나간다. 아버지의 장례를 치렀던 절과 팔각정, 사당이 모두 빙글빙글 돌고 있다. 남자는 그림자들을 놓치지 않으려 애쓴다. 의수를 가진 스님은 개에게 먹이를 주고 있다.

“어려운 일 있으면 연락해라.”

어느새 다가온 원화전기의 사장이 명함을 건네고 간다.

“경제력이 생길 때까지 회비는 안 받아.”

남자가 다녔던 대학 등록금이 성씨 회비의 장학금에서 나왔다. 사장이 사라질 즈음 남자는 고개를 저으며 혼잣말을 한다.

“망해버려라.”

주저앉는다.

개를 쓰다듬는 손을 구경한다. 자세히 살필수록 스님의 의수가 꿈틀거리는 듯하다. 남자는 귓가에 맴도는 나팔 소리를 느끼며 눈을 감는다.

할아버지의 장례를 치르러 절을 왔던 어린 시절, 아버지와 의수를 가진 스님은 한참이나 이야기를 나누었다. 멀뚱히 서 있던 어린 남자에게, 스님은 의수가 아닌 다른 손으로 나팔꽃 하나를 따 입에 대고 불어주었다.

‘부우우’ 하는 두터운 나팔 소리.

훗날 아무리 불어도 나지 않던 나팔 소리가 실은 입으로 낸 소리임을 깨닫기까지, 아버지는 얼마나 오랜 시간을 견뎌야 했나. 남자는 가슴을 움켜잡으며 울고 말았다.

산책로에는 평평한 아스팔트가 깔렸다. 남자는 발뒤꿈치를 땅바닥에 두드리며 신발에 엉겨붙은 진흙을 털어낸다. 길은 산자락

아래서 끝나는 듯 보인다. 양편으로 사탕 모양의 인형을 매단 어린 플라타너스들이 있다. 초저녁의 황혼 속에서 분홍색 인형들은 연등처럼 빛난다. 뒤늦게 온 이웃 텐트의 아이들은 옷이 다 젖도록 뛰어다닌다. 비는 그칠 듯 말 듯 하며 머리칼을 적신다.

여자는 보이지 않는다.

남자는 발목을 돌려 터덜터덜 걸어간다. 산책로에서 새어나오는 갓길이 미술관으로 향했다. 빗방울이 변덕스럽게도 떨어진다. 우산을 가져오지 않은 걸 뒤늦게 후회한다.

미술관은 이미 문을 닫은 상태다. 남자는 하릴없이 미술관 근처의 야외 전시장을 돌아봐야 했다. 명색이 화가 소유의 미술관인데, 조각상들밖에 볼 수 없다. 전시회의 주제와 상관없이 늘 거기에 있는 작품들이다. 대부분이 인간의 나신이다. 그들은 눈이 채 녹지 않은 잔디밭 위에서 옷을 홀딱 벗고 있다. 한 남자 조각상은 꽈배기처럼 몸을 꼬고서 나무에 팔을 기대고 있다. 책을 읽고 있는 여자 조각상도 있다. 책을 읽는데도 벌거벗고 있는 모습이 기묘하다. 특히 소파 위에 누워있는 남자조각상은 남자 자신의 모습과 닮았다. 그의 허벅지 위로 반질반질한 성기가 보인다. 미술관 건물 위에서 양팔을 활짝 벌린 조각상을 발견할 즈음, 남자는 무릎을 꿇고 앉고 싶은 충동을 느낀다. 종아리가 저리다.

"보라고. 바로 여기야."

어딘가에 있을 여자에게 말한다.

"이것들은 사람이 아니잖아?"

남자는 엉성하게 춤을 추듯이 몸을 흔든다. 그리고 나무 옆의 남자 조각상에 가까이 다가간다. 알루미늄으로 된 코를 쓰다듬어 본다. 그 미끄러운 감촉을 느낄 때, 여자가 배를 더 크게 불린 상태로 나타날 것 같다. 끔찍한 상상이다. 차라리 영영 돌아오지 않는 편이 낫다. 남자는 진흙탕 속으로 푹 꺼져버리는 기분이 든다. 그저 움직이는 일밖에 할 수 없다. 잠시도 멈추고 싶지 않다.

호수로 가는 길엔 경사진 방파제를 뒤로 한 키 큰 해바라기들이 시들어 있다. 수위를 조절하는 조그마한 댐과 개폐문이 다리 아래에 있다. 댐을 흘러내려오는 물은 개폐문을 통해서 강으로 흘러 나간다. 댐 옆의 다리를 건너자 호수가 보인다. 조금 더 길을 오르니 낚시터가 있는 방죽이 나온다. 낚시터 근처에 차들이 몇 대 주차되어 있지만 밖에 나와 있는 사람은 아무도 없다. 호수가 하얀 눈으로 뒤덮여 있다. 수풀을 감싸고 있는 서릿발이 매섭다. 남자는 오늘 밤 내리는 빗물로 전부 녹으리라 생각한다.

눈이 덮인 표면은 꽁꽁 얼어 있는 듯하지만, 얼음이 깨진 자리에는 썩어가는 씨알붕어 한 마리가 떠올라 있다. 남자는 자리에 가만히 서 있다가, 삐딱하게 몸을 내민 느티나무에 기댄다. 옥수수수염같이 기다란 잎사귀가 아늑하게 느껴진다. 날이 삽시간에 완연히 저물어간다. 손등의 명암이 보랏빛으로 보인다. 호수의 정경이 수채화처럼 일렁거린다. 빗물 때문인지 산에 있던 안개가 내려온 탓인지, 습기가 차올라 몸 구석구석이 축축하다. 그때 호수의 중앙으로부터 산골을 두들기는 청아한 공명음이 퍼져나온다. 사람의 형체가 어른거리고 있다. 남자는 저것도 조각상인가 싶어 자세히 살핀다.

한쪽 손엔 분명 따뜻한 피가 흐르고 있다. 조금도 위태롭지 않은 모양으로 호수의 눈길 위에 글을 적는다.

남자는 눈이 쌓인 빙판 위에 한쪽 발을 조심스럽게 디뎌본다. 눈 알갱이가 뭉개지며 뽀드득 소리가 난다. 남자는 두 손을 휘휘 저으며 앞으로 나아간다. 걸으면 걸을수록 망설임이 없어진다. 고개를 두리번거리며 호수 가운데를 다시 본다. 미세한 안개 입자 너머로 검게 이지러진 사람의 형체가 있다. 이번엔 양쪽 손이 모두 따뜻해 보이기도, 차갑게 보이기도 하다. 어쩌면 아버지일지도 모른다. 여자일 수도 있다만 사실, 그 무엇이라도 상관없다.

남자는 가까이 가보고 싶었다.

남자가 호수에 누워 있다. 귓바퀴가 얼얼하다. 하얀 눈송이들이 눈썹 위에 떨어져 이슬로 맺힌다. 두꺼운 구름이 검푸른 산마루를 두르고 있다. 그 미세한 틈 사이로 밝은 빛이 새어나온다. 남자는 목울대에 힘을 주어 의미 없는 음절들을 띄엄띄엄 뇌까려본다. 잠시 숨을 크게 들이쉬고, 등허리를 세워 일어나보려 한다. 하지만 가죽으로 된 재킷은 활짝 벌린 양팔부터 허리 아랫단까지, 빙판과 완전히 흡착되어 단단하게 얼어버렸다. 이따금 바람이 불어올 때마다 너무 살았어, 너무 오래 살았어, 하고 머릿속을 울리는 노랫소리가 들려온다. 호수를 둘러싼 나무들의 그림자가 만세

삼창을 하는 듯 유쾌해 보인다. 남자가 자유롭게 움직일 수 있는 부분은 맨살이 드러난 목과 머리뿐. 현실감각을 잃어서인지 그다지 두렵지 않다. 눈송이가 빗방울로 변한다 해도, 남자는 반쯤 졸면서 상황을 받아들일 수 있을 것 같다. 그는 그저 빙판에 달라붙어버린 하나의 물체일 뿐이다. 그 작은 부피 아래로 거대한 붕어 한 마리가 천천히 배회한다. 먹이를 찾는 창백한 눈깔이다.

임재홍 2015년 중앙대학교 문예창작학과 졸업.

멍청이 이야기

조영진

01

우리는 그를 '박멍청'이라고 불렀습니다. 이유는 단순했죠. 그가 멍청했기 때문입니다. 또 박씨만큼 '멍청'이라는 단어가 깔끔하게 달라붙는 성씨가 없었어요. 김멍청, 이멍청, 조멍청, 황멍청. 그 어떤 성씨도 박멍청만큼 입에 달라붙는 건 없더군요. 획 하나만 빼도 빅(Big)멍청으로 바뀌기까지 합니다. 마치 맞춤옷처럼 그에게 꼭 맞는 별명이었죠.

그런데 그거 아십니까? 원래 별명이라는 건 유대감 형성에 좋은 영향을 끼치거나 친분을 더욱 돈독하게 하는 역할을 한다고 합니다. 하지만 누가 그런 목적으로 별명을 붙이겠습니까? 적어도 학창 시절의 우리는 그러지 않았습니다. 거 왜 사내들끼리 흔히 그러잖아요? 친근감에서 우러나오는 짓궂은 무언가 말입니다. 물론 그건 '이 사람이 내 친구다'라는 안도감이었을지도 모릅니다. 그런데 어릴 적 서로에게 별명을 붙일 때 그런 거 생각이나 하겠습니까? 그럴 시간에 우리는 박명청의 행동을 '멍청한 짓'이라고 단정지어버리는 데 집중했습니다. 한 놈이 놀림감이 됨으로써 그냥 웃고 즐기면 그만이었으니까요. 그 역시 그랬고, 우리는 저마다 우스꽝스러운 별명이 하나씩 붙었죠. 전 '작은놈'이었고요.

아무튼 실제로 박명청이 멍청했던 것은 아닙니다. 중학교, 고등학교 때는 시험으로 전교에서 이름이 오르내리기도 했고, 대학도 우리 중에서는 그래도 명문 대학으로 제일 잘 갔습니다. 그는 그때마다 웃음을 지어 보였는데 그게 그렇게 멍청해 보일 수 없었습니다. 군대에서는 문제가 좀 있었던 것 같지만 우리는 그것마저 그가 멍청해서 그렇다고 결론지어버렸죠. 박명청은 멍청하게 2년을 잘 버텼고 멍청한 웃음을 지어 보이며 제대했습니다. 지금도 그 생각은 변함이 없습니다. 우리끼리는 그것이 자연스러운 일이었고 조롱인 동시에 격려이기도 했으니까요.

02

쓸데없는 이야기라뇨? 그쪽에서 편하게 박명청에 대해 이야기해보라고 하지 않았습니까? 그에 대해 말하기 위해서 간단하게 생각을 정리한 것뿐입니다. 그쪽에서 무슨 이야기를 듣고 싶은 건지 모를 만큼 전 멍청이가 아니니까요.

두 달쯤 되었습니다. 박멍청에게서 전화가 한 통 걸려왔죠. 똑똑히 기억합니다. 잊으려야 잊을 수가 없어요. 그는 이렇게 말했습니다.

나 회사 관두려고.

그의 멍청함이 정점에 이르렀다고 생각했습니다. 정말 힘겹게 들어간 회사였으니까요. 이름만 말하면 다 아는 그곳입니다. 그런데 거길 관두겠다니. 저는 의아함을 느꼈습니다. 갑자기 이렇게 멍청해진 이유가 무엇일까. 지난번에 헤어졌다는 애인 때문일 수도 있었고 심심해서 질러본 로또가 당첨되었을 수도 있었습니다. 하지만 저는 우선 걱정이 앞섰습니다.

나 지금 바쁘거든? 내가 전화번호 하나 보내줄 테니까 거기로 연락해. 나중에 보자.

통화를 마친 저는 그의 휴대폰으로 할아버지가 치매 예방을 위해 다니시던 정신병원 연락처를 남겼습니다.

얼마 후, 우리는 단골 술집에 모였습니다. 다들 짬을 내어 오랜만에 마련한 술자리였고 박멍청은 언제나처럼 시답잖은 농담에 웃어젖혔습니다. 정신상태가 악화되었다든가 하는 이상한 점은 딱히 보이지 않았죠. 제가 평소대로의 멍청함에 안도하고 있을 때, 그는 불쑥 말을 꺼냈습니다.

나 회사 관두려고.

우리 테이블에서는 폭소가 터져나왔습니다. 몇 년 전 그가 강기갑을 보고 이외수와 헷갈렸을 때보다 더 큰 웃음이었죠. 항의가 들어올 듯 요란했지만, 마침 술집에는 우리뿐이었습니다.

진짜야. 다음 주에 그만둘 거야.

웃음은 잦아들었습니다. 그는 멍청하면 멍청했지 거짓말을 우길 놈은 아니었거든요.

로또 맞았냐?

걔랑 헤어져서 그래?

야, 새로 차였을 수도 있잖아.

다른 녀석들 역시 생각하는 건 비슷했던 모양입니다. 진담 반 농담 반으로 사정을 물었습니다. 그러자 그는 웃더군요. 멍청하게 웃으면서 이렇게 말했습니다.

나 순간이동 할 수 있다.

03

한번 가정해보십시다. 어느 날 개구리로 변하는 능력이 생겼다고요. 그 유명한 동화 속 개구리 왕자처럼 말입니다. 물론 저나 당신이 그렇게 잘생기지 않았다는 것은 압니다. 혹시 애인이나 부인이 공주이십니까? 전 아니거든요. 그러니까 그냥 그렇다고 칩

시다.

과연 뭘 할까요? 아마 저라면 조금 집 안을 폴짝거리면서 돌아다닐 겁니다. 텔레비전 스크린 위에 앉아서 유명한 광고 흉내도 내보고 쉴 새 없이 돌아가는 컴퓨터 본체 옆에 붙어서 찜질도 좀 하겠죠. 그러다가 창밖에 붙은 파리를 보곤 입맛이 싹 사라져서 원래대로 돌아올 겁니다. 전 사람인데 그걸 어떻게 먹습니까? 그리고 가끔 심심할 때 그렇게 혼자서 놀겠지요. 아무도 모르게. 이게 포인트입니다. 아무도 모르게.

나 순간이동 할 수 있다.

그런데 박명청은 멍청하게도 그 말을 끝으로 우리 앞에서 사라져보였단 말입니다. 정말 자기 말마따나 순간이동을 한 것처럼요. 우리는 그 자리에서 굳어버렸습니다. 눈앞에서 벌어진 일을 믿을 수 없었죠. 정신을 차리고 술집을 둘러봤지만 주방에 있는 주인 이모 외에는 우리가 전부였습니다.

아무리 기다려도 그가 다시 나타나는 일은 없었습니다. 우리는 술집을 나와 그를 찾아 돌아다녔고 옆 건물 화장실에서 담배를 피우고 있는 그를 발견할 수 있었습니다. 의기양양하게 웃고 있었죠.

끝내주지?

우리들은 놀라서 아무 말도 하지 못했습니다. 하긴, 어느 누가 그 상황에서 말을 꺼낼 수 있을까 싶어요. 무슨 말을 해야 할지도 몰랐고 무슨 말을 하고 싶은 건지도 몰랐습니다. 확실한 건 그가 제 옆으로 순간이동을 해 담배연기를 내뿜었을 때에는 한 대 치고 싶었다는 겁니다. 주먹을 날렸지만 그는 곧장 3미터쯤 떨어진 자리에 나타나더군요. 마술 프로그램을 즐겨 본 것은 아니었지만 그건 진짜라고 믿을 수밖에 없었어요.

그래서 회사를 관둘 거야?

제가 콜록거리면서 묻자 박멍청은 고개를 끄덕였습니다.

어. 이걸로 사업하려고.

무슨 사업?

배달.

전 제 귀가 잘못된 줄 알았습니다. 드디어 멍청하다 못해 미쳤다고 생각했어요. 순간이동을 쓸 줄 아는 사람이 하는 말이 고작 배달업을 시작하겠다니? 저라면 은행에서 돈이라도 빼왔을 겁니다. 사람 욕심이라는 게 있는데 이런 상상 누구라도 할 거 아닙니까. 물론 실제로 그런 일이 닥치면 제 생각처럼 하기는 힘들겠지요. 그래도 배달업이라니, 정말이지 멍청한 소리 아닙니까?

정신 나갔냐? 멀쩡한 회사 놔두고 뭐? 배달?

조금 전에 봤잖아. 끝내준다니까 이거. 무조건 성공해.

성공은 개뿔. 아침 회의 때 지각 안 하는 용도로나 쓰면 되지 뭔 놈의 배달이야?

아냐. 된다니까?

우리가 아무리 만류해도 그의 대답은 변할 줄을 몰랐고, 결국 그는 배달업을 시작했습니다. 정말 멍청했죠.

04

짐작하셨겠지만 처음엔 순탄치 않았어요.

크고 작은 기업을 대상으로 홍보를 시작했는데 며칠째 아무런 연락 한 통도 오지 않았습니다. 당연하죠. 세상에 어떤 미친 인간이 이렇게 수상한 곳에 배달 의뢰를 하겠습니까? 그도 문제를 직감하고 우리에게 자문을 구했습니다. 그러고는 대상을 바꿔 개인 배달부터 하려 했죠.

며칠이 지나고 어느 정도 홍보가 되었나 싶었는데 문제가 다시 발생했습니다. 거짓말을 하나도 보태지 않고, 오직 장난 전화만 오는 것이었습니다. 이번에도 역시 순간이동이 문제였습니다. 기업이나 개인이나 마찬가지였던 거죠.

그는 다시금 우리에게 연락을 해왔습니다. 어떻게 해야 손님이 몰릴까? 별의별 아이디어들이 오갔고, 그는 그중 하나를 채택했습니다.

장난 전화에 응하기로 한 겁니다.

코끼리 한 마리 배달되나요?

예, 됩니다.

그 뉴스 보셨죠? 가정집에 코끼리가 들어왔다는 황당한 뉴스. 그게 시작이었습니다. 그는 온갖 해괴한 주문들을 다 해내보였습니다.

우리에게 연락할 짬도 없이 박명청은 유명해졌습니다. 상상으로나 있었던 일이 벌어졌으니까요. 뉴스는 물론 신문과 잡지사에서도 그를 인터뷰하느라 바빴고 외국에서 그를 보러 찾아온 수많은 과학자들이 순간이동에 대해 토론을 벌였습니다. 인터넷은 말할 것도 없고, 불과 일주일도 안 돼서 세상은 그를 중심으로 돌아가기 시작했습니다.

갈수록 단순 배달보다는 복합적인 일이 많아졌습니다. 점차 이사 관련 일이 들어오더니 어느 날 그는 잃어버린 애완견을 찾아주고 있었습니다. 나중에는 다리 위에서 자살하려는 사람을 구하기까지 하더군요. 이런 봉사는 해외로까지 이어졌습니다. 언론에서는 이 시대의 영웅이라며 떠드는데 웃기는 소리죠. 박명청 주제에.

그러던 중 사건이 터졌습니다. 경찰서에 신고가 하나 들어왔죠. 한 아줌마 금목걸이가 사라졌는데 집 안 어디에도 도둑이 침입한 흔적이 없더라는 거예요. 서랍 안쪽에 고이 모셔둔 게 분명한데 감쪽같이 사라졌다고요.

아무런 흔적이 없는 상황에서 경찰이라고 별수 있나요? 그냥 흐지부지 해프닝으로 끝나려는데 이 아줌마가 박명청을 지목한 겁니다. 이런 짓을 할 수 있는 사람은 그뿐이라고요. 물론 박명청은 범인이 아니었죠. 증거도 없었고 알리바이도 확실했거든요. 여기서 끝났으면 좋았겠는데, 점점 일이 커져갔습니다.

네가 내 돈 훔쳐갔지?

모르는 일입니다.

증거 있어?

그러는 그쪽이야말로 증거 있으신가요?

여긴 심증이야 심증! 요즘 네가 제일 수상해!

다른 사람들도 하나둘 박명청을 지목하기 시작한 겁니다. 무언가 사라진 게 있으면 그를 의심하고 보는 거죠.

일주일도 되지 않아 여론은 정반대로 치달았습니다. 의심은 전염병처럼 돌았어요. 에볼라도 이렇게 무섭지는 않았습니다. 소문이 커져가면서 일거리는 끊겼고 장난 전화라도 기다리는 처지가 되었죠. 온갖 계약이 파기되고 그를 찬양하는 방송과 기사 대신 의심하는 것들이 늘어났습니다.

우리는 그에게 멍청하다며 계속해서 응원을 보냈습니다. 응원 같지 않게 들리는 거 압니다. 하지만 이게 우리 방식이에요. 한밤중에 몰래 만나 술을 마시면서도 박명청은 웃었습니다. 진심으로 그가 멍청해서 다행이라고 생각했어요.

하지만 이후 일은 걷잡을 수 없이 커졌습니다. 그의 능력을 보고 세계 각국이 움직이기 시작한 거죠. 박명청은 좋은 연구 재료이기도 할 거고 다른 나라를 견제하는 데에도 분명 요긴하게 쓰일 것이었습니다. 그들에게도 소설이나 영화 속의 내용이 현실이 되는 것이었죠.

호감이 불신으로 돌변하는 데에는 그렇게 오랜 시간이 필요하지 않았습니다. 오셀로 게임을 연상케 했어요. 그런 식으로 세상의 중심에서 튕겨져 나가는 게 어떤 기분일지, 저는 상상도 되지 않습니다. 원래 구석에서 멍청하게 서 있었던 놈이니 더할 겁니다.

결국 언제부터인가 연락조차 되지 않았습니다. 하수구에서 그의 휴대폰을 찾았다며 경찰서에서 연락 온 게 전부였어요. 우리는 고작 그것밖에는 해줄 수 없었는데 말입니다.

제가 직접 알고 있는 이야기는 여기까집니다.

원래는 여기까지였어요.

05

얼마 전, 박멍청을 만날 수 있었습니다. 우습지도 않게 당신들은 그를 보호하고 있다고 했죠. 그리고 면회 시간이 주어졌어요. 몇 주 만에 보는데, 다행이랄까 크게 변한 것은 없어 보였습니다. 제 얼굴을 보자마자 눈물을 흘리는데 그제야 살이 조금 빠진 걸 알겠더군요.

나가고 싶어.

그가 처음 내뱉은 말입니다. 웃기죠? 순간이동을 하면 될 거 아닙니까. 그렇게 자랑하던 능력 놔두고 뭐합니까? 저는 그 모습이 싫어서 발끈했습니다.

그럼 당장 나와 멍청아.

못해.

무슨 소리야?

못한다고 순간이동.

고개를 저으며 말하는 박명청은 저를 바라보고 있지 않았습니다. 제 뒤에는 들어오는 철문 하나밖에 없었는데 말입니다.

이제 나 순간이동 못해.

그는 똑같은 말을 반복하면서 저를 바라봤습니다.

내가 어떻게 순간이동을 할 수 있었다고 생각해?

그의 물음에 저는 입술을 떼지 못했습니다. 짐작도 가지 않았습니다. 사람이 갑자기 순간이동을 할 수 있게 되는 원인. 이 세상은 판타지나 SF소설이 아닙니다. 그런데 실제로 그런 일이 생겼다고 한다면 어디에 가능성을 둘 수 있을까요?

제가 머뭇거리자 박명청은 한숨과 함께 스스로 대답했습니다.

그냥 생겼어. 그냥. 퇴근길에 집에나 도착했으면 좋겠다고 생각했는데 어느새 집이더라. 내가 해놓고도 믿기지 않았어.

그가 거짓말을 했다고는 생각되지 않았습니다. 그저 어이가 없었습니다. 순간이동은 생각보다 싱거운 능력이었던 거죠. 뉴턴의 머리에 사과가 떨어진 일이나 만수르가 아랍 왕자로 태어난 것도 같은 맥락입니다. 길을 걷다가 수없이 차이는 우연 중 하나죠.

그리고 지금은 그냥 사라졌어. 이제 난 순간이동 못해. 하고 싶은데, 못해.

다시 우연이 그를 뒤흔든 겁니다. 순간이동 능력은 더 이상 없었지만 세상은 그가 순간이동 능력이 있다고 생각했습니다. 그게 문제였습니다.

순간이동 능력이 있었다면 여기에 잡혀오지도 않았을 거야. 그런데 아무도 내 말을 들어주지 않아.

그의 논리는 깔끔했습니다. 물론 그가 다른 꿍꿍이가 없다는 전제 하에 성립되는 것이었지만 그와 지낸 시간이 허투가 아닌 전 그를 믿었습니다. 하지만 다른 사람들은 아닙니다. 어떻게 그들에게 그가 더 이상 순간이동을 하지 못한다고 믿게 할 수 있을까요? 어떻게 하면 온 세상으로부터 받은 의심들을 떨쳐낼 수 있을까요?

저는 답을 낼 수 없었습니나. 변회 시산이 끝날 때까지 그가 흐느끼는 목소리를 들으면서 아무런 말도 꺼내지 못했습니다.

나가고 싶어.

문이 닫히기 전 들린 박명청의 목소리에 저는 그가 처음으로 제 앞에서 어떤 멍청한 행동도 하지 않았다는 걸 깨달았습니다. 설마 똑똑해진 건 아닐 겁니다. 그랬다면 제가 고민할 필요도 없었겠죠.

06

박명청이 왜 배달을 시작한 건지 아십니까? 저는 그게 궁금했습니다. 그래서 언젠가 그에게 한번 물어본 적이 있습니다.

왜 하필 배달이야?

뭐?

왜 많잖아. 순간이동 하면 생각나는 것들. 온갖 만화랑 소설에서 나오던 일들 말이야. 적들의 비밀 기지에 침입하고 국회의원 비자금 가방을 훔쳐내고 공중에서 떨어지는 미녀를 낚아채는 그런 거.

그는 제 예시가 너무 조악하다고 생각한 모양입니다. 겉으로 질색하는 표정이 다 드러났거든요. 하지만 저는 꽤 뻔뻔한 인간입니다. 가만히 그의 말을 기다렸죠.

너 어릴 때 동화책 읽어봤지? 아름다운 공주가 마녀에게 잡혀 있고 왕자는 온갖 고난과 역경을 이겨내서 공주를 구출하는 거. 너 거기서 공주에게 필요한 게 뭐라고 생각해?

생각할 것도 없었습니다. 그의 말에 정답이 들어 있었으니까요.

왕자.

그렇습니다. 공주는 갇혀 있는 상황이고 그것을 타파하기 위해서는 왕자가 그녀를 구출해주어야만 합니다. 박명청은 만족스럽게 웃으면서 다시 질문했습니다.

그럼 왕자한테 필요한 요소는?

용기, 우정, 사랑.

애들 만화 좀 어지간히 봐라. 그런 건 누구나 가지고 있는 거잖

아. 공주를 구출하러 가는 왕자한테 필요한 거라니까.

뭔데 그게?

아무리 생각해도 조금 전 대답보다 훌륭한 대답은 없는 것 같았습니다. 제 고민이 길어지자 박명청은 웃음을 지우지도 않고 이렇게 말하더군요.

백마.

이런 답변 예상이나 하셨습니까? 전 상상도 못했습니다. 어떻게 들으면 야하게까지 들리는 그 말을 그는 얼굴 하나 붉히지 않고 이야기했습니다. 저보다 더 뻔뻔한 놈일지도 모른다는 생각이 들었습니다.

잘 생각해봐. 공주를 구하려면 어떻게 해야 돼? 우선 갇혀 있는 곳으로 가야 할 것 아니야. 왕자가 걸어서? 아니야. 왕자는 백마를 타고서 나타나. 즉, 백마는 왕자를 공주에게 전해주는 배달부라고 할 수 있지. 세상에 있을 수십의 왕자 중, 공주를 구하러 가는 왕자를 특별하게 만드는 건 백마란 말이야. 알겠어? 그렇게 생각하면 멋있지 않아?

저는 그 멍청한 웃음을 더 이상 볼 수가 없었습니다. 그는 아주 어렸을 때부터 멍청하다는 말이 입 아플 정도로 멍청했던 모양입니다. 그에게 현 상황을 되짚어줄 필요를 느꼈습니다.

그래서 어릴 적 치기로 회사까지 다 때려치운 거야?

치기라니. 꿈이라고 해. 꿈이라고. 꿈. 어감 좋잖아.

꿈 같은 소리 하고 있네. 그럼 그냥 사업하는 것보다 택배 회사

비장의 무기로 취직하는 게 더 낫지 않았냐? 안 그래도 우리나라 택배 빠른 거 찾는다고 아우성인데.

그러게. 이번 일 망하면 그거나 해볼까.

박명청의 말처럼 지금 그는 망했습니다. 백마가 된 그에게 이 상황은 마녀가 내린 고난과 역경일까요? 그렇다면 그가 앞으로 나아가기 위해 지휘해줄 왕자는 어디에 있는 것일까요? 적어도 저는 왕자가 아니었습니다.

07

그가 잡혀 들어간 후, 세상은 두 부류로 나뉘었습니다. 박명청을 믿는 쪽과 믿지 않는 쪽. 극단적인 이분법이라고 보실 수도 있겠습니다만, 사실이 그렇지 않습니까? 여기에 중간은 없어요. 그를 믿느냐 믿지 않느냐의 차이죠. 당신은 후자일 겁니다. 저는 전자고요.

먼저 전자는 극소수였습니다. 저처럼 박명청을 아는 이들을 제외하고는 거의 다가 제정신이 아닌 사람들이었습니다. 누구는 정부가 감추려는 것이 있다고 소리쳤고, 누구는 지저인과 외계인이 쳐들어올 것이라고 말했습니다. 몇몇은 박명청의 오른팔에 잠든 흑염룡이 깨어날 거라고 말했죠. 내용은 다르지 몰라도 온갖 허황된 주장을 펼치는 자들입니다. 당신 같은 사람들은 저를 그렇게 생각할지도 모르겠군요. 하지만 그들이 보여주는 믿음은 필요에 의한 행동입니다. 진심으로 박명청을 믿는 건 우리네뿐이에요.

역으로 믿지 않는 사람들은 넘쳐났습니다. 지금 제 눈앞에도 있고. 과장 조금 보태면, 갓 말을 시작한 아이까지 그를 사기꾼이라고 할 수 있을 정도였죠. 광신도들은 악마의 자식이라며 외쳐댔고 각국 요원들은 그를 잡으려고 혈안이 되어 있었습니다.

저는 이해할 수 없었습니다.

우선 그는 아무런 잘못이 없어요. 자기 능력을 세상에 보인 것이 잘못입니까? 물론 그게 멍청한 행동이었다는 데에는 저 또한 격하게 동의하는 바입니다. 하지만 멍청한 건 죄가 아닙니다. 아는 게 힘이며 모르는 게 약인 오묘함 속에서 균형을 맞추는 건 누구도 제대로 못하지 않습니까. 적어도 그 균형이 무너지게 될 일은 아닙니다. 하지만 이미 사람들에게 진실은 중요한 것이 아니었습니다.

내가 원했던 건 이게 아니야.

그가 했던 말이 기억납니다. 세 번째인가 네 번째로 용의자로 몰렸을 때일 겁니다. 살면서 뜻하는 대로 흘러가는 일이 얼마나 있겠습니까? 그가 원하지 않았더라도 이미 세상은 그를 주목하고 있었습니다. 평소였다면 멍청한 소리 그만 지껄이고 더 노력하라고 입바른 말을 했을 텐데, 저도 쉽사리 입을 열 수 없었습니다.

내가 원했던 건 이게 아니라고.

시끄러워. 전화부터 받아.

저런 식으로 다음 전화나 받으라고 성화만 내는 게 전부였지요. 사람이 그렇게나 무기력할 수 있다는 걸 처음 알았습니다. 장염에 걸려서 앓는 정도는 비교도 안 될 정도로.

그렇다고 우리가 포기한 것은 아닙니다. 박명청을 감옥에서 끄집어낼 방법을 궁리했죠. 날밤을 새워가며 온갖 생각들이 나왔다 들어가고 결국 한 가지 수를 내놓을 수 있었습니다. 멍청했지만 그보다 덜 멍청한 수는 없다고 생각될 만한 것이었습니다. 최고는 아니지만 최선이라는 말이 아깝지 않았어요.

08

뭐라고?

네. 그는 그렇게 되물었습니다. 우리가 만든 계획에 적잖이 당황하는 모습이었어요. 제가 그를 만날 수 있었던 두 번째 면회였고 그 바로 다음 날, 그는 이례적으로 전 세계에 생중계되는 청문회에 나가야 했습니다. 말이 좋아 청문회죠.

그가 세계의 사랑을 받을 때나, 세계의 의심을 받을 때나 돈 욕심이 있는 자들은 그를 이용하려 들었습니다. 이번 청문회도 그런 식일 것이 분명했습니다. 전 세계로 생중계된다면 그 매스컴은 떼돈을 벌 것이었죠. 그들이 우리를 이용하려 드는데 역으로 못할 게 뭐 있겠습니까. 우리들의 계획은 그 청문회를 기회로 삼는 것부터 시작했습니다.

저는 이미 박명청의 위상은 떨어질 대로 떨어졌으며 더 이상 떨어질 곳도 없다, 밑져야 본전이라는 말로 그를 설득했습니다. 어차피 위상 같은 건 원래 있지도 않았고 다행히 그의 멍청함이 제때 돌아와 성공할 수 있었습니다.

청문회에서의 일은 가장 생생하게 기억납니다. 바로 어제니까요. 커다란 홀에, 수많은 사람들이 밀집해 있었습니다. 카메라와 방송계 인사들도 많았고 세계 각국의 인사들이 모였습니다. 그 한가운데서 박명청은 시선들을 홀로 받아내고 있었습니다. 분명 무거울 텐데도 청문회라고 말쑥하게 차려입은 정장은 구김이 없었습니다.

시간이 지나고 갖은 질문들이 날아들던 중, 드디어 제 차례가 왔습니다. 저는 일어나 박명청의 앞으로 가 곧장 그의 뺨을 후려쳤습니다. 조절한다고 조절했는데 생각보다 묵직한 소리에 저도 놀라고 말았습니다. 아무래도 전에 때리지 못했던 것에 대한 복수심도 조금 들어 있었던 모양이지요. 모든 사람들이 제 행동에 깜짝 놀랐을 겁니다. 삽시간에 시끄럽던 내부가 조용해졌습니다.

뻘겋게 부어오르는 뺨을 감싸고 노려보는 시선을 무시한 채, 저는 수십 대의 카메라 앞에 섰습니다. 우리들 중 제일 안면이 두껍다는 평가에 의해 오르게 된 자리였습니다. 다행히 저는 위축

되지 않았습니다. 오히려 오래간만에 사람을 굴복시켰다는 쾌감에 젖어 조금 흥분한 상태였죠.

이것 좀 보십시오. 순간이동을 가진 자라면 이런 공격쯤 아무렇지 않게 피해 보일 것입니다. 그런데 이 꼴을 보세요. 어딜 봐서 그에게 힘이 있다는 겁니까? 생각해보십시오. 그런 능력을 가진 자가 감옥 안에 갇혀 있겠습니까? 욕망에 충실해 온갖 것을 훔쳤다는 의심을 받는 사람이 얌전히 있다고요?

우리의 멍청한 계획이 뭔지 이제 눈치채셨을 겁니다. 그래요. 계획이랄 것도 없습니다. 많은 사람들이 보는 앞에서 박멍청을 두들겨주자. 그리고 낯짝 두꺼운 제가 준비해온 온갖 말들로 그를 치장하자. 무식한 방법이었습니다. 끼리끼리 논다고, 그게 박멍청과 함께하는 우리들이 내놓을 수 있는 최선이었습니다.

예상대로 제 행동은 꽤 큰 인상을 주었습니다. 사람들 사이에서는 많은 의견이 오갔고 서서히 크고 작은 변화의 움직임이 보였습니다. 그가 수없이 말해도 전혀 통하지 않았던 것들이 그가 같은 인간임을 적당히 내세우자마자 변하기 시작한 것이었습니다. 하지만 세상은 꼭 우리가 원하는 방향으로만 가지는 않습니다. 저는 분명 그걸 알고 있었을 겁니다. 대중은 다수의 사람을 지칭하는 단어이고 우리는 누구 하나 똑같은 사람이 없습니다. 개성을 표출하는 방법에는 다양한 것이 있는 법이겠죠.

그렇게 안도하는 사이, 총격음이 들렸습니다.

09

설마 주먹으로는 부족하다고 생각한 걸까요. 사람들이 내뱉은 비명과 고함에 총격음은 묻혀버리고 말았습니다. 그들이 다급하게 총을 쏜 사람을 찾건 말건 저는 곧장 박명청에게로 달려갔습니다. 그의 가슴께는 피로 젖어 붉게 물들어가는 중이었습니다. 저에게 무어라 말을 하려 했지만 피를 한 움큼 뱉는 걸로 그걸 대신할 뿐이었습니다. 제 뺨에는 그의 피가 튀었습니다. 한 대 맞은 기분이 들더군요. 끝까지 지기 싫었던 모양입니다. 저는 멍청하게 그 앞에 서 있을 수밖에 없었습니다.

나가고 싶어.

그는 그때도 바랐을까요?

내가 원했던 건 이게 아니야.

그는 후회하고 있었을까요?

끝내주지?

그는 이렇게 말하려던 건지도 모릅니다.

만약 제가 그런 방법을 사용하지 않았더라면, 적어도 그는 아직까지 감옥 안에서 저와 이야기를 나누고 있었을까요? 알잖아요? 그냥 그는 조금 멍청했을 뿐인데.

속보입니다. 용의자 박 모 씨(29)에게 총을 쏴 살해한 혐의로 붙잡혔던 도 모 씨(33)가 탈옥했다는 소식입니다. CCTV 확인 결과 그는 마치 그 자리에 없었던 것처럼 사라졌다고 하는데요. 다시 한 번 끔찍한 일이 일어나는 것은 아닌지, 현장에 나가 있는 최 기자 연결해보겠습니다.

조영진 2015년 중앙대학교 문예창작학과 졸업.

포물선

최신영

새하얗다. 직원의 안내를 받아 부서로 들어섰을 때, P가 가장 먼저 받은 인상이었다. 그는 C를 바로 발견하지 못했다. 그곳에는 달랑 두 명, 담당 경찰관과 C만이 앉아 있었는데도. 그들은 P의 시야에서 약간 오른쪽으로 벗어나 있었다. P는 실내가 생각보다 넓은 데다 사방이 온통 하얘서 그들을 바로 보지 못한 거라고 생각했다. 그가 헛기침하자 마주 앉아 있던 두 사람이 그를 쳐다보았다. P는 그들 쪽으로 성큼성큼 걸어갔다.

C의 눈에서 눈물이 후드득 떨어졌다. P를 발견한 순간부터 이미 그렁그렁하게 맺혀 있던 것이 그가 가까이 다가오자 터지고 말았다. 가장 당황한 사람은 경찰관이었다. 그는 책상에 놓여 있던 티슈를 몇 장 뽑아 C에게 건넸다. 그녀가 꼼짝 않고 울고만 있었기에 P는 대신해서 티슈를 받았다. 경찰관은 그제야 조금 안도하는 눈치였다. P는 C의 눈가를 닦아주고, 그녀가 진정될 때까지

등을 부드럽게 쓸어주었다.

"대체 이게 무슨 일이야?"

C의 숨소리가 어느 정도 고르게 돌아왔을 때, P는 기다렸다는 듯이 말을 꺼냈다. C는 무언가를 말할 듯 말 듯 입술만 달싹였다. 그는 그녀의 주눅 든 모습이 낯설면서도 안쓰러워 닦달하지 않았다. C의 눈에 붙은 기다란 가짜 속눈썹이 파르르 떨렸다. 이 와중에도 그녀의 눈 화장은 번진 구석 하나 없이 말끔했다. 경찰관이 대신해서 설명해주려는 것처럼 입을 떼기에, P는 그를 향해 고개를 가로저었다. C의 입에서 나온 말이 우선이라고 생각해서였다. 그녀는 한참 후에야 가벼운 한숨과 함께 입을 열었다.

*

P는 그날 그 건물을 실제로 처음 보았다. 구십구 층에 달하는 높이의, 은은한 녹색 빛깔을 뽐내는 고층 빌딩. 그는 그 건물을 알고 있었다. 몇 년 전, 완공될 당시 큰 화제를 모았던 곳이었다. 건물이 주목을 받았던 것은 두 가지 이유에서였다. 처음에는 네덜란드 출신의 유명 건축가가 설계에 참여했다는 것이 알려지면서 관심을 끌었고, 그로부터 얼마 지나지 않아 시사 고발 프로그램에서 부실공사와 무리한 조기 개장에 대해 다룰 때 다시 한 번 주목을 받았다. 논란이 잦아들 무렵, 빌딩은 계획과 달리 조촐하게 준공식을 열고 조용히 개장했다. 그 후 빌딩은 도시의 트레이드

마크가 되었고 지금은 매일 수십만에 달하는 사람들이 아무렇지 않게 드나들었다. P는 아프도록 고개를 뒤로 젖혀도 꼭대기가 보이지 않는 건물을 보며 한숨을 내쉬었다. 그는 건물이 와르르 무너지는 상상을 잠깐 하다가 고개를 저었다.

"좋은 곳에 데려가 줄게." 어젯밤, 전화를 받자마자 C가 한 말이었다. 전화가 걸려온 것은 P가 냉장고에서 막 맥주 한 캔을 집어 들었을 때였다. 그녀는 수화기 너머로 한참을 자신이 얼마나 대단한 곳을 발견했는지에 대해서 떠들었다. P는 피곤했다. 그간의 피로가 고스란히 몸에 축적된 것 같았다. 그는 첫 직장에 적응하느라 애먹고 있었다. 일을 배우는 것은 예상보다 훨씬 고되었고, 매일이 눈치 보기의 연속이었다. P는 지난 몇 달간 주말을 자진해서 반납했고 하나라도 더 배우기 위해 바쁘게 뛰어다녔다. 그는 어서 통화를 끝내고 맥주를 마시며 쉬고 싶은 마음이 간절했다. "그러니까 내일 한번 같이 가보자." C가 이렇게 말하기 전까지 그는 그녀의 말을 거의 흘려듣고 있었다.

"뭐?"

"내일 쉬잖아. 같이 가자고."

"나 오랜만에 쉬는 거잖아. 그냥 네가 여기로 와주면 안 돼?"

P는 자신의 입으로 이런 말을 하고 있다는 게 조금 짜증났다.

"오랜만에 보는데 내가 원하는 대로 좀 해주면 안 돼? 우리 얼마 만에 보는지나 알아? 그리고 솔직히 네가 계속 바빠서 못 만난 거잖아."

수화기 너머로 돌아온 대답에 P는 할 말을 잃었다. 늘 이런 식이었다. C는 항상 그녀가 서운한 것만 얘기했고 그가 먼저 이해해주길 바랐다. P는 싸우고 싶지 않았고, 싸울 기력도 없었다. 그는 마지못해 C에게 알았다고 대답했다. 그녀는 그의 말투에 대해 한참 불만을 늘어놓다가 전화를 끊었다. "앓느니 죽지." P는 핸드폰을 소파에 툭 던져두고 리모컨을 집어 들었다. 그가 잘 눌리지 않는 리모컨으로 채널을 바꾸기 위해 씨름하고 있을 때 핸드폰이 울렸다. C가 보낸 문자였다. 내일 오후 두 시까지 여기로 와. P는 문자에 첨부된 지도를 확인하며 맥주를 벌컥벌컥 들이켰다. "최악의 주말이 될 것 같아." 그는 젖은 입가를 소매로 슥 닦았다.

건물의 로비는 바닥도 벽도 온통 대리석으로 되어 있었다. P는 건물 안이 바깥보다 춥다고 생각했다. 그는 창가 옆 가죽 소파에 앉아 있는 C를 발견했다. 그녀는 잡지를 읽으며 커피를 마시고 있었다. 잡지 위로 그림자가 지자 그녀가 고개를 들었다. "왔어?" 그녀는 잡지를 덮고 일어나 P의 팔짱을 꼈다. "가자." 오랜만에 보는 그녀의 웃는 얼굴에 그는 그래도 오길 잘했다고 생각했다.

P는 엘리베이터를 기다리며 벽에 걸린 층별 안내판을 쳐다보았다. 그는 안내판의 사십삼 층 칸이 텅 비어 있는 것을 발견했다. "거기 사십삼 층이라고 하지 않았어?" P가 의아한 목소리로 묻자 C가 풋, 하고 가볍게 웃었다. 그는 그녀가 왜 웃는지 알 수 없었다. "십삼 층에서 내려서 다른 엘리베이터로 갈아탈 거야." 십삼 층은 상가 동이 끝나는 곳이었다. C는 주머니에서 검은색 플라스

틱 카드를 꺼내 P의 눈앞에서 흔들었다. "거기서부턴 이 카드를 가진 사람만 들어갈 수 있어." P는 그것과 층별 안내판이 비어 있는 게 무슨 관계가 있는 건지 이해가 잘 안 되었다. C의 얼굴에서는 미소가 떠나지 않았다. P는 그녀의 웃는 얼굴에서 이유 모를 불안을 느꼈다.

경쾌한 소리와 함께 엘리베이터 문이 열렸다. P는 유령처럼 갑자기 나타난 로비를 보고 당황했다. 그곳은 사십삼 층을 전부 쓰고 있었기에 따로 출입문이 없었다. 엘리베이터 문이 곧 출입문인 셈이었다. 그는 이런 식의 구조에 익숙하지 않았다. P는 무방비 상태로 갑자기 적진에 내던져진 기분이었다. C가 옷깃을 잡아당기기 전까지 그는 멍하니 서서 내릴 생각도 하지 못했다. 실내에는 잔잔한 선율의 클래식이 흘렀다. 안내 데스크에는 피부가 하얗다 못해 창백해 보이는 여자가 심드렁한 표정으로 앉아 있었다. C는 안내 데스크로 걸어가며 P에게 말했다. "어쩌면 이곳이 우릴 다시 가깝게 만들어줄지도 몰라." P는 이 말을 크게 귀담아듣지 않았다. 그는 께름칙한 기분을 털어내려 애썼다. 층별 안내판에는 표시도 되어 있지 않은, 게다가 무슨 학원이라고 들었는데 강의 시간표 하나 없는 공간에 들어와 있다는 사실이 그를 불안하게 만들었다.

C가 직원과 얘기를 하는 사이 P는 실내를 훑어보았다. 안내 데스크의 옆에는 대기실 같은 공간이 마련되어 있었다. 긴 유리 테이블에는 잡지와 신문들이 깔끔하게 정돈되어 있었고, 안락해 보

이는 소파가 테이블과 적당한 거리를 두고 놓여 있었다. P는 C가 다니던 치과의 대기실이 떠올랐다. 호텔에 있는 카페라고 봐도 무방할 정도의 곳이었다. 그는 그곳에서 자신이 어릴 적부터 지금까지 쭉 다니고 있는 작고 허름한 동네 치과를 떠올렸고, 잘 사는 동네는 과연 치과도 다르다고 생각했다. P는 그때와 비슷하게 위축되는 자신이 못마땅했다. C는 그의 팔을 툭툭 치더니 소파를 가리키며 말했다. "저기 앉아 있자. 조금 있으면 강사가 나올 거래." 소파를 향해 걸어가는 그녀의 뒤통수에 대고 P가 물었다. "근데 여기서 뭘 배운다고?" C는 P가 또 자신의 말에 집중하지 않았단 사실에 화가 나서 입을 다물었다. P는 별수 없이 강사라는 사람이 나올 때까지 기다릴 수밖에 없었다.

강사는 P와 비슷한 나이로 보이는 젊은 남자였다. 그는 잘생기진 않았지만, 시원스런 눈매에 입꼬리가 위로 올라가 있어 부드러운 인상을 주었다. P는 그에게서 서늘함을 느꼈는데, C가 강사를 보고 과하게 들뜬 탓도 조금 있었다. 그들은 강사를 따라 복도 끝에 위치한 강의실로 들어갔다. 대리석으로 된 교단과 강의용 컴퓨터, 상앗빛 책상 열 개 정도가 전부인 아담한 규모의 강의실이었다. 일인용 책상에는 듀얼 모니터가 설치되어 있었다. 강사는 화이트보드와 스크린이 설치된 강단 쪽으로 걸어갔다. C는 강사가 앉으라고 말하기도 전에 자리에 가서 앉았다. P는 강의실이 답답했다. 그는 곧 이곳에 창문이 없다는 사실을 깨달았다.

"……저는 지금 미신에 대해 이야기하는 게 아닙니다. 우리는 이제 가장 과학적인 방식으로 미래를 예측할 수 있는 데까지 오게 되었다는 사실을 말하고 있는 겁니다. 그리고 지금 제 앞에 계신 두 분은 그 행운을 먼저 누릴 수 있는 몇 안 되는 사람들이라는 것 또한……." P는 강사의 말이 연극 대사 같다고 생각했다. 강사는 거창한 소개말이 끝난 뒤 본격적으로 프로그램을 설명했다. 간단히 말하자면 이런 것이었다. SNS와 GPS 및 인터넷 검색 기록, 학생기록부—강사는 데이터베이스 작업이 되어 있는 것에 한한다고 했다—그리고 신용카드 기록까지, 즉 온라인을 거친 모든 데이터를 수집한 후 학원의 프로그램을 이용하면 그 데이터의 주인이 어떤 행동을 할지 예측할 수 있다는 것이었다. "데이터의 양이 많을수록, 프로그램을 다루는 실력이 늘수록 예측 행동의 오차 범위는 줄어들게 됩니다. 여러분은 바로 이곳에서 그 방법에 대해 배우실 수 있습니다." P는 이런 말을 아무렇지 않게 하고 있는 강사를 보며 두려움을 느꼈다. 그는 대학 시절 들었던 교양 수업이 떠올랐다. 사실 그는 그 과목을 학점 채울 요량으로만 들었기에 과목명이 정확하게 기억나진 않았다. 다만 거기에 '정보화' 혹은 '글로벌'이라는 단어가 들어갔던 것은 기억났는데, 과목명에 대해 C에게 구리다고 말했던 것이 떠올라서였다. 그는 그때 교수가 패놉티콘과 관련된 이미지를 보여주며 했던 말들이 지금 눈앞에서 실재가 되어 나타났다는 생각이 들었고, 표정이 점점 굳어갔다.

C는 강사의 말을 듣고 학원에 더욱 혹하게 되었다. 이런 식의

프로그램이라면 P도 우습게 여기지 않을 것 같았다. 무엇보다 첨단 기술을 사용하고 있다는 말이 그녀의 마음을 사로잡았다. 강사는 강단에 설치된 스크린을 내려서 프로그램의 사용법을 시범적으로 보여주었다. 그것은 복잡해 보였는데, C는 그 점 역시 마음에 들었다. 그녀는 누구나 쉽게 배울 수 있는 것은 특별하지 않다고 생각했다. C는 이곳에 대해 알려주고 카드도 빌려준 사촌 언니에게 새삼 고마움을 느꼈다. 이곳은 지인 추천제로만 운영돼서 아는 사람이 없으면 존재를 알 수도 들어올 수도 없었다. 사실 C는 미래를 볼 수 있다는 말만큼이나 아무나 못 들어간다는 말에도 크게 혹했다. C는 이곳을 이용하면 앞으로 P를 들볶지 않아도 불안해할 필요가 없을 거라고 생각했다. 내색하지 않았지만 지난 몇 달 그가 바쁘다는 사실이 많은 영향을 끼쳤다는 것을 그녀는 알았다. 그녀는 가끔 이유 모를 우울함에 빠져 잠들기 전 베개에 얼굴을 파묻고 울곤 했는데, 그런 밤에는 어김없이 P의 손을 놓치는 꿈을 꾸었다.

C는 강의실에서 나오는 길에 복도 벽에 붙은 상장기업 팻말과 복잡한 이름을 가진 IT 관련 협회에서 수상한 상패들을 보았다. C는 왜 조금 전에는 그 팻말들을 볼 수 없었는지 조금 의아해하다가 곧 그것들에 마음이 동했다. 그녀는 P가 이곳을 마음에 들어 하지 않고 있다는 것을 눈치챘지만 외면했다. 그들은 강사를 따라 상담실로 들어갔다. 강사는 은근하면서도 반복적으로 그들이 특별하다는 것을 강조했다. P는 강의실을 나서자마자 이곳에

서 빠져나가지 못한 것을 후회했다. C가 난리 칠 게 분명해서 참았는데, 점점 좋지 않은 방향으로 흘러가는 것 같았다. 그는 그녀가 이 상황을 이상하게 여기지 않고 있다는 게 놀라웠다. 세 사람은 책상을 사이에 두고 마주 앉았다. 강사는 맞은편에 앉은 그들에게 강의 방식에 대해 더 자세히 설명했다. P가 생각하기에 강의 방식은 컴퓨터 학원과 다를 게 없었다. 한 단계를 익히면 좀 더 어려운 단계로 넘어간다는 것도, 급수를 매겨서 시험을 치르는 다른 컴퓨터 프로그램들과 비슷했다. 그의 생각에 다를 게 있다면 여기서 배운 건 써먹을 데가 없다는 것뿐이었다. 게다가 이곳은 수강료를 회당으로 받았는데, P가 느끼기에 그것은 한 달 수강료라고 해도 터무니없을 정도로 비쌌다. 그는 월급의 이십 퍼센트나 되는 돈을 회당으로 갖다 바치는 미친 짓을 하는 일은 없을 거라고 생각했다.

강사는 그들에게 서약서를 건넸다. P는 수강신청서가 아니라 서약서라는 말을 쓰는 게 거슬렸다. 서약서의 첫 번째 조항은 이것이었다. '프로그램은 오직 학원에서만 사용할 수 있으며, 원생은 이곳에서 확인한 그 어떤 정보도 따로 파일로 만들 수 없고 또한 외부로 가지고 나갈 수 없다.' 그 뒤에는 이 조항들을 어겼을 때 방침이 어떻게 되는지에 대해서 아주 작은 글자들로 쓰여 있었다. P는 눈이 시려서 그 작은 글자들을 전부 읽고 싶지 않았고, 그와 상관없다고 생각했기에 서약서를 끝까지 읽지 않고 덮어버렸다. 그는 어떻게 해야 C를 설득해서 이곳을 빠져나갈 수 있을

지에 대해 고민했다. C는 서약서의 내용을 제대로 읽어보지도 않은 채 빠르게 종이를 넘기며 모든 공란에 서명했다. P는 그녀가 서명한 사실을 뒤늦게 깨닫고 막으려고 했지만, 강사가 먼저 그녀의 종이를 받아들었다. 그러곤 "남자분은 등록 안 하실 거죠?" 라고 약간 조소 섞인 말투로 묻고는 등록 절차를 밟아오겠다며 상담실을 나가버렸다. P는 잠깐 멍하니 서 있다가 정신을 차리고는 C에게 소리쳤다. "그냥 서명해버리면 어쩌자는 거야! 빨리 가서 등록 안 하겠다고 해!" 그녀는 눈 하나 깜짝하지 않았다. P가 일어나서 밖으로 나가려고 하자 C가 그의 발을 세게 밟아버렸다. "같이 오자고 한 내가 바보지. 넌 관심도 없는데. 하기 싫음 하지마, 난 할 거니까."

C는 결국 원하는 대로 검은색 플라스틱 카드를 얻었다. P는 머리가 지끈거렸다. C가 등록을 마치고 나자 강사의 태도는 확연히 달라졌다. 그는 마치 P가 없는 것처럼 C에게만 말을 걸었다. P는 그런 행동이 유치하다고 생각했다. 그들은 내려오는 엘리베이터에서 멀찍이 떨어져 있다가 건물을 나오자마자 본격적으로 싸움을 시작했다.

"이건 범법 행위야, 모르겠어?"

"이게 무슨 범법 행위야? 내가 이걸로 범죄를 저지를 것도 아닌데. 그리고 아까 복도에 붙은 상장기업 팻말 못 봤어? IT 협회에서 상까지 받은 곳이라고! 하긴 자기 일 아니면 관심도 없는 네가 그걸 보기나 했겠어?"

"그 상패 준 곳이 뭐 하는 데인지는 알아? 정확히 거기 뭐라고 쓰여 있는지는 봤냐고?"

C는 쉽게 대답을 못하고 입술을 깨물었다. 그것이 불리해지면 나타나는 그녀의 버릇임을 P는 알았다. 그는 지금 더욱 몰아세워서 그녀가 다시 저곳에 들어가는 일이 없도록 해야 한다고 생각했다. 그냥 설득만으로는 그녀를 쉽게 포기하게 만들 수 없을 것 같았다. 그가 어떻게 말할지 고민하는 사이 C가 낮은 목소리로 중얼거렸다.

"나는 저곳이 우리를 다시 가깝게 해줄 수 있다고 생각했어."

P는 그때 C가 자신의 행동을 예측하려고 한다는 것을 어렴풋이 깨달았다. 그는 그게 너무 냉정하고 끔찍한 일이라고 생각했다. 그가 생각하기에 그들이 이렇게 된 것은 서로 잘 아는 만큼 포기한 부분이 많았기 때문이었다.

"도대체 그게 무슨 말이야. 아직도 그렇게 나를 몰라? 저런 프로그램을 쓸 게 아니라 그냥 나를 좀 이해하려고 해보면 안 돼? 한 번이라도 내 입장이 되어볼 순 없냐고. 넌 도대체 왜……."

"그냥 솔직히 말해. 넌 그냥 이제 내가 예전만큼 좋지 않은 거야."

"얘기가 왜 그렇게 가!"

P는 버럭 화를 내긴 했지만 마음이 무거워졌다. C가 완전히 틀린 말을 한 건 아니었다. 그녀의 말을 부정할 수 없다는 생각 때문에 그는 더욱 화가 났다. 그들은 한동안 말없이 걸었다. 빠르게

앞서가던 C가 발걸음을 멈추었다. 그녀는 그 자리에 주저앉아 무릎 사이로 얼굴을 파묻었다. P는 그런 그녀를 달래주고 싶은 생각이 전혀 들지 않았고 오히려 기분이 더 나빠졌다. 그는 그녀가 보는 앞에서 보란 듯이 택시를 잡아탔다. P는 홀로 택시를 타고 돌아오며 생각했다. 최악의 주말이라고. C에게 밟힌 발이 아직도 욱신거렸다.

*

"……집에 도착해서야 이게 잘못될 수도 있겠다는 걸 알았어. 그리고 그땐 너무 늦어버렸고. 정말이야, 나 이거 들고 나와서 한 번 써보지도 못했어."

C의 손에 들린 외장메모리카드가 미세하게 떨렸다. P는 그녀가 도대체 무슨 생각으로 그걸 들고 나왔는지 이해할 수 없었다. 그가 생각하기에 C는 보이지 않는 것을 보려고 하다가 결과가 빤히 보이는 일을 초래한 것이었다. 그러나 곧 그는 자신에 대한 자책이 밀려오는 것을 느꼈다. 그건 이곳으로 오는 동안 이미 여러 번 했던 익숙한 자책이었다. 그가 아무 말도 하지 않자 C는 경찰을 향해 떨리는 목소리로 변명을 이어갔다.

"딱 한 번만, 집에서도 해봤으면 했어요. 거기서 절대 밖으로 아무것도 가지고 나오지 못하게 하니까. 본 것도 그냥 기억으로만 담아 와야 하고. 생각보다 범위가 넓거든요. 그러니까 전부 기억할 수도 없고 그래서…… 프로그램을 팔려고 했다거나 그런 건 절대 아니에요. 정말이에요. 믿어주세요. 그냥 불안해서 그랬어요. 불안해서 나도 모르게…….”

P는 고개를 떨어뜨렸다. 이상하게도 그 말이 그의 가슴 깊숙이 파고들었다. 그녀가 무엇을 불안해했는지 전부 알 순 없지만, 그는 이 모든 일이 자신에게서 비롯된 것 같았다.

“저한테 그렇게 말해도 소용없어요. 저쪽에서는 지금 합의금을 요구하고 있으니까…….”

“합의금이오? 얼마나 달라고 하는데요?”

P는 경찰의 입에서 나온 액수를 믿을 수가 없었다. 회당으로 그렇게 낮은 돈을 요구했던 곳이니 어찌 보면 당연한 일이었다. C의 눈에 다시 눈물이 맺혔다. P는 그녀의 손을 잡고 부드럽게 쓸어내렸다.

“너희 부모님께 말씀드리자. 그래도 이 정도는 어떻게든 해주실 수 있을 거야.”

“그건 안 돼. 그럴 순 없어.”

“그럼 어떻게 하려고. 네가 감당할 수 있는 돈이 아니잖아.”

P가 다그치자 C는 입을 다물어버렸다. 그는 그녀의 처지를 이해 못하는 것은 아니었지만, 방법도 없으면서 고집을 부리고 있다는 생각을 지우긴 힘들었다. P는 다시 울상이 된 C의 얼굴을 쳐다보다가 한 가지 묘안을 떠올렸다. 사실 별 가망이 없어 보였지만, 그래도 밑져야 본전이라고 그는 말이라도 한번 꺼내볼 필

요가 있겠다고 생각했다.

*

다음 날 저녁 C에게서 먼저 전화가 왔다. 싸운 뒤 그녀가 먼저 전화를 건 것이 기억도 안 날 정도로 오래전 일이었기에 P는 조금 놀랐다. "저녁은 먹었어?" 예상외로 C의 목소리는 차분하고 다정했다. 그들은 마치 아무 일도 없던 것처럼 별것 아닌 이야기들만 하다가 전화를 끊었다. 그들은 서로 일부러 학원 얘길 꺼내지 않고 있다는 것을 알았다. 오랜만에 크게 싸운 것이 그간의 감정 해소에 어느 정도 도움이 된 동시에 금방이라도 터질 수 있는 시한폭탄이 되어버린 탓이었다.

회사에 들어간 지 반년이 지나자 P에게도 조금 여유가 생겼다. P는 그간 바빠서 C를 서운하게 한 것을 인정하고 가끔은 데이트를 위해 무리를 감행했다. 그는 C가 학원을 그만두지 않았다는 것을 눈치챘지만 말하지 않았다. 그는 자신이 병적으로 싸움을 피한다는 사실을 알았으나 어쩔 수 없다고 생각했다. C에게서도 특별히 이상한 점을 찾아볼 수 없었기에 그냥 무시한 것도 있었다. P는 그녀가 자신의 월급과 맞먹을 정도의 용돈을 받는 것을 알았다. 그냥 그녀의 값비싼 취미 생활이라고 생각하자고 P는 애써 마음을 다잡았다. 그날 이후 그들은 오히려 전보다 더 잘 지냈다. 이렇게 평화로운 날을 보내면서도 P는 이따금 서늘한 기운을 느끼곤 했다. 특히 데이트를 마치고 헤어질 때쯤 C의 얼굴에 묘한 미소가 떠오를 때면 그런 느낌은 더욱 강해졌다. P는 그녀의 웃는 얼굴을 보며 발가벗겨진 것 같은 기분을 지울 수 없었고, 이내 그것이 학원과 관련된 불안이라는 것을 깨달았다. 그러나 그는 오랜만에 찾아온 평화를 먼저 깨뜨리고 싶지 않아서 학원에 대해 묻는 일을 차일피일 미뤘다.

얼마 되지 않아 P는 C에게 새로운 말버릇이 생겼다는 사실을 알았다. 그가 사소한 실수를 할 때마다 그녀가 "그럴 줄 알았어."라고 말하는 것이었다. 늦잠을 자서 약속에 늦은 날에도, C가 말한 영화 제목을 헷갈려서 다른 영화를 예매했을 때도, 상사의 심부름을 하느라 그녀의 전화를 놓쳤을 때도 그녀는 그에게 "그럴 줄 알았어."라고 말했다. 그는 그 말에 노이로제가 생기려고 했다. 참다못한 어느 날 "그럴 줄 알았으면 미리 알려줬으면 됐잖아."라고 말하는 그를 향해 그녀는 "네가 그렇게 말할 줄 알았어."라고 말했다. 그는 그때 헤어지자고 말하려다가 그만두었다. 그녀가 또 그럴 줄 알았다고 말할 것 같아서였다.

P는 C를 만나는 일이 점점 더 버거워졌다. 그는 최근 들어 악몽을 꾸는 횟수가 늘어난 것까지 모두 그 재수 없는 학원 때문이라고 생각했다. 그는 데이트에 나갈 때마다 오늘은 학원에 대해 말할 것이라 다짐했지만 번번이 말조차 꺼내보지 못하고 돌아왔다. P는 이제 뭔가 다른 방법을 찾아야겠다고 생각했다.

P는 일부러 평소와 다르게 행동하기 시작했다. 싫어하는 장르

의 영화를 보았고, 느끼해서 먹지 않던 양식을 자주 먹었으며, 입버릇처럼 말하고 다니던 국산 소형차를 사는 대신 무리해서 외제 중형차를 샀다. 그는 그녀가 당연히 화를 낼 거라고 생각할 때에는 화를 내지 않았고, 화를 내지 않아도 될 때 일부러 화를 냈다. 그는 항상 어떻게 하면 C가 생각하는 것과 다르게 행동할 수 있을지에 대해서 고민했다. 그런 행동을 할 때마다 C의 얼굴이 굳어지는 것을 그는 알았다. P 역시 이런 행동을 하는 게 좋지만은 않았다. 그 행동을 할 때는 C의 예측에서 벗어났다는 생각에 잠시나마 쾌감을 누렸지만, 아주 잠시뿐이었다. 평소 하지 않던 행동을 하는 만큼 그에게도 큰 타격이 돌아왔다. 그는 자주 소화불량에 시달렸으며, 매달 갚아야 할 할부금이 생겼기에 전보다 지출을 줄여야만 했다. 그는 종종 자신의 성격에 문제가 생긴 게 아닐까 하는 두려움에 빠지기도 했다. 무엇보다 계속해서 예측을 틀리면서도 C가 여전히 학원을 그만두고 있지 않다는 게 마음에 걸렸다. P는 C가 먼저 이런 유치하고도 위험한 장난을 끝내주었으면 했지만 그런 일은 일어나지 않았다. 시간이 흐르면서 그들은 뭔가 어그러지고 있다는 것을 느꼈다. 그러나 누구도 먼저 그것에 대해 말을 꺼내는 일은 없었다.

일은 예상치 못한 곳에서 터지고 말았다. P가 C에게 저녁에 만나자고 메시지를 보내려는데 모르는 번호로 전화가 걸려왔다. 오늘이야말로 기필코 이야기를 하고 말리라 다짐했던 그의 마음은 갑자기 걸려온 전화 때문에 한풀 꺾여버렸다. 그는 잠깐 망설이다 전화를 받았다. 한동안 수화기 너머에서는 누군가 가쁜 숨을 내쉬며 흐느끼는 소리만 들려왔다. P가 장난 전화인가 싶어 끊으려는 순간 C의 목소리가 들렸다. "나 지금 경찰서에 있어. 여기로 좀 와줄 수 있어?" 그는 이 말을 알아듣는 데에도 상당히 애를 먹었다. 울음을 참고 있는 것인지 C의 목소리가 떨렸고 부정확했기 때문이었다. 그는 그녀의 말을 전부 다 알아듣진 못했지만 지금 그녀가 경찰서에 있는 게 학원과 관련된 일이라는 것은 알 수 있었다. "이럴 줄 알았어." 전화를 끊고 그는 자신도 모르게 중얼 거렸다. 그리고 그 말이 아주 익숙하다는 것을 깨달았을 때, 그는 두렵고 무서워졌다.

P는 회사 앞에서 택시를 잡아탔다. 집에 문제가 생겼다는 말에 상사는 생각보다 순순히 조퇴를 허락했다. 택시기사는 목적지를 말하는 그의 얼굴을 사이드미러로 흘끗 쳐다보았다. "죄지은 얼굴이 아닌데, 경찰서는 무슨 일로 가십니까?" 그는 기사에게 어색하게 한번 웃어 보이고는 말았다. 차내에는 정적이 흘렀다. 기사는 헛기침을 한번 하더니 라디오를 틀었다. P는 창밖으로 고개를 돌렸다. 거리에 듬성듬성 세워진 가로수들이 붉게 물들어가고 있었다. 그는 계절이 변했다는 것을 새삼 깨달았다.

P는 중학생 때 딱 한 번 경찰서에 가본 적이 있었다. 사실 경찰서 안에 들어가본 것은 아니었다. 그는 아버지의 트럭 조수석에 앉아 경찰서를 쳐다보았다. 무엇 때문에 그때 아버지의 트럭을 타고 있었는지는 기억나지 않았다. 그의 아버지는 잠깐 들어

갔다가 나오겠다며 태연하게 경찰서로 들어갔다. P는 아버지의 뒷모습이 초라하고 왜소해 보여 눈을 감았다. 그의 아버지는 나라에서 지원받은 돈으로 산 기계를 팔아 공장 직원들에게 밀린 임금을 치렀고 그 때문에 경찰 조사를 받게 되었다. 그는 그 사실을 아버지와 어머니가 싸우는 소리를 듣고 알았다. 그때 그 트럭에 앉아 P가 느낀 감정은 수치도 분노도 자랑스러움도 아니었다. 아니 어떻게 보면 그 모든 게 뒤섞인 것과 비슷했다. 그즈음 그의 부모는 눈만 마주치면 싸웠다. 그들이 싸울 때면 그는 동생을 데리고 놀이터로 나가서 한참 있다가 돌아오곤 했다. 그의 동생은 어려서 밤에 놀이터에 나와 있는 것을 마냥 좋아했다. 동생이 탄 그네를 밀어주며 그는 생각했다. 앞으로 누구를 사귀든 싸우지 말자고. 웬만하면 참고 넘어가자고.

택시는 어두컴컴한 터널로 진입했다. P는 라디오에서 흘러나오는 노래를 조금 따라 불렀다. "우리는 왜 이렇게 됐을까, 어쩌다가 여기까지 오게 됐을까……." 그들이 막 사귀기 시작할 무렵 유행하던 노래였다. P는 C를 신입생 환영 엠티에서 처음 보았다. 막 제대하고 나와 분위기에 어울리기 힘들었던 그에게 C는 살갑게 먼저 말을 건넸다. 그는 자신과 다르게 늘 자신감이 넘치고 당당한 그녀가 마음에 들었다. 원하는 게 있으면 바로 말하고, 그것을 얻어낼 줄 아는 C가 좋았다. 그들은 많이 달랐다. 하지만 연애 초 그것은 걸림돌이 되지 않았고, 오히려 서로에게 더 강하게 이끌리도록 만들었다. 매일 붙어 다녀도 시간이 모자랐고, 서로가 없으면 죽을 것 같았다. P는 예전만큼 자신을 좋아하는 게 아니라던 C의 말을 떠올렸다. 그러다 문득, 그는 지금 그들이 어떤 시기를 통과하고 있는 것이라는 생각이 들었다. 더 좋아하고 덜 좋아하고의 문제가 아니라, 성질이 바뀌는 것일 뿐인 어떤 시기를. 그리고 그것을 좀 더 빨리 알아차리지 못한 자신이 한심하게 느껴졌다. P는 결국 일이 이렇게 된 데에는 자기 탓도 있다고 생각했다. 그는 조금 더 적극적으로 굴었다면 상황이 이렇게까지 되진 않았을 것이라는 생각을 떨칠 수 없었다.

*

"프로그램을 고의로 팔려고 한 것도 아니고, 잠깐 생각을 잘못해서 실수한 것뿐인데 이건 좀 너무하지 않습니까?"

P는 최대한 당당하게 보이려 가슴을 쫙 폈다. 경찰관은 갑자기 태도가 바뀐 그를 보고 조금 당황한 것 같았다. 기가 죽어서 푹 눌려 있던 C도 고개를 들었다.

"그리고 따지고 보면 그 프로그램도 불법 아닙니까? 남의 정보를 마음대로 빼내고 있었다고요, 허락도 없이. 그것부터 조사해봐야 하는 거 아닙니까?"

경찰은 당황한 기색을 감추고 짐짓 태연하게 증거를 가지고 와서 정식으로 고소하라고 말했다. P는 말문이 막혔다. 증거를 제시할 방법은 없었다. 프로그램을 시연하는 장면을 보긴 했지만 눈으로 본 것이 증거가 될 수 없을 것이다. 하지만 여기서 다시 말을 바꾸면 오히려 더 불리해질 수도 있다는 생각이 그의 머리를 스쳤다. C는 다시 고개를 떨어뜨렸다. 그녀가 죽을죄라도 지은 것처럼 주눅이 든 모습이 보기 싫은 P는 계속 밀고 나가기로 작정했다.

"증거랑 함께 고소장을 제출하면 조사를 해주시는 겁니까? 만약 조사가 들어가지 않는 거라면 방송국 쪽에 연락을 넣을 생각도 있습니다."

P는 주머니에서 핸드폰을 꺼내 들며 금방이라도 전화를 걸 것처럼 행동했다.

"피디 하는 친구 놈, K한테 얘기해볼게. 괜히 겁먹지 마."

P는 C에게 그렇게 얘기하는 자신이 제법 근사하게 느껴졌다. 홈쇼핑 채널의 외주제작사에서 주로 여자 속옷을 찍는 K도 이렇게 요긴할 때가 있었다.

"그렇다고 해도 이번 건은 접수되었기 때문에 조사는 계속 진행될 겁니다."

경찰은 딱딱하게 말했지만, P는 그의 목소리를 듣고 어쩌면 일이 잘 풀릴지도 모르겠다고 생각했다.

"네, 그럼 그렇게 하세요. 우리도 변호사 선임할 겁니다. 소송도 걸 거고요. 너 지금부터 말 한마디도 안 해도 돼. 변호사 선임하면 그 사람 통해서만 얘기하고."

P는 C의 어깨에 부드럽게 손을 올리며 말했다. 그는 경찰의 표

정이 조금 바뀐 것을 알 수 있었다. 그는 곤란해 보였다. P는 언젠가 공권력은 절대 약자의 편이 아니라고 했던 어머니의 말이 떠올랐다. 그렇다면 강자가 되면 된다. 어떻게든. 그게 안 되면 강자인 척이라도 해야 한다. C의 어깨를 잡은 P의 손에 힘이 들어갔다. 실내에 흐르던 묘한 긴장감을 깬 것은 경찰이었다.

"웬만하면 그냥 좋게 합의하시죠. 변호사 부르고 하면 그 선임 비용도 만만치 않을 거고. 일도 복잡해질 겁니다. 제가 학원하고 얘기해서 합의금을 최대한 줄여보는 걸로 말을 좀 해볼게요."

경찰은 잠시 전화를 하고 오겠다며 자리를 비웠다. 그가 나가는 모습을 보고 P는 자리에 앉았다. P는 다리에 힘이 풀려서 주저앉을 뻔한 것을 들키지 않아 다행이라고 생각했다.

"그래서 방송국 피디라는 그 친구가 누군데?"

"없어, 그런 사람."

C는 의자에 앉아 태연하게 다리를 주무르고 있는 P를 멍하니 쳐다보았다. 그녀는 그가 어딘지 낯설게 느껴졌다. 호기롭게 턱을 치켜들고 천정을 둘러보는 P를 보며 C는 피식 웃었다.

"너 정말 다른 사람 같다."

C는 그렇게 말하며 웃었지만, 불안한 기색을 완전히 감추지는 못했다. P는 그녀의 머리를 쓰다듬었다. C의 머릿결은 부드러웠다. P는 자주 스타일을 바꿔도 잘 상하지 않는다고 자랑하며 웃던 C의 모습이 떠올랐다. 그는 울어서 조금 부은 그녀의 얼굴이 사랑스럽게 느껴졌다. 아직 해결된 일은 아무것도 없었다. 경찰

이 돌아오면 무슨 얘기를 할지, 그리고 어떻게 대처해야 할지도 사실 잘 몰랐다. 그래도 이상하게 P는 자꾸 웃음이 났다.

"어쩌다 이렇게까지 된 걸까?"

C는 자신의 머리를 쓰다듬던 P의 손을 밀어내며 물었다.

"그럴 줄 몰랐어?"

그를 흘겨보는 C의 눈동자가 불안하게 흔들렸다. P는 C의 손을 슬쩍 잡았다. 그녀는 무너지듯 그의 어깨에 머리를 기댔다. P는 건물 한 면을 전부 차지하고 있는 긴 유리창을 쳐다보았다. 밖은 이미 해가 저물어 어둑했다. P는 어깨에 기댄 C의 머리에 자신의 머리를 가볍게 댔다. 그는 아주 잠깐 시간이 멈춘 것 같다고 생각했다. 복도에서 누군가의 발소리가 들려왔다. 그들은 마주 잡은 손에 다시 한 번 꽉 힘을 주었다.

최신영 2015년 중앙대학교 문예창작학과 졸업.

거장과 신예

2015년 11월 30일 제1판 제1쇄 펴냄

지은이 류현주 박세현 윤가람 임재홍 조영진 최신영
편집 모영철
펴낸이 박문수
펴낸곳 도서출판 박문수책
등록 2009년 2월 6일 제13-2009-24호
주소 03964 서울특별시 마포구 망원로7길 3-6(망원동)
전화 02-322-5675
전자우편 mspark60@dreamwiz.com

ISBN 978-89-969754-4-1 03810